차동희 수필집

아버지의 발자취를 찾아서
寻找父亲的脚印

지구문학

국립중앙도서관 출판시도서목록(CIP)

아버지의 발자취를 찾아서 : 차동희 수필집 / 지은이: 차동희. ―
서울 : 지구문학, 2016
   p. ;   cm

ISBN 978-89-89240-58-7 03810 : ₩15000

한국 현대 수필[韓國現代隨筆]

814.7-KDC6
895.745-DDC23   CIP2016012113

수필집을 내면서

아직도 마음은 소녀 같은데, 어느덧 80대를 향해 가고 있습니다.

세월이 유수流水 같다는 말이 실감납니다.

1999년 12월, 환갑還甲 기념으로 수필집《새가 날아드는 정원》을 펴낸 지 16년 만에 2집을 준비하게 되었습니다.

내가, 먼 이국異國 땅 만주에서 태어난 지 3개월 만에 사별死別한 아버지를 생각하면서, 그리고 63년 동안 집에서 항상 어린애처럼 보살펴 주셨던 어머니를 그리워하면서 준비했습니다.

한 번도 불러볼 수 없었던 아버지와 평생 고생스럽게 살면서도 미소微笑를 잃지 않으셨던 어머니!

천국에 계신 두 분께 감히 이 늦은 후회의 눈물을 흘리면서 삼가 이 글을 올립니다.

2016년 5월

불광동에서 **차 동 희**

차동희 수필집 《아버지의 발자취를 찾아서》에 붙여

金 始 原
수필가 · 한국문인협회 자문위원

사람은 세상을 살아가는 데 힘이 있어야 하겠다.

그 힘이 명예이든 돈이든 아니면 가족이든 친구이든 그도 아니면 예술이든 도전정신이든….

어떤 힘으로 살아가느냐에 따라서 그 사람의 삶의 질이 형성되고 행복의 바로미터가 정해진다고 본다.

차동희 수필가는 작품 속에서 드러나 있듯이, 만학을 하였음에도 불구하고, 도전 정신이 으뜸이다.

그 누구에게도 밀리지 않는다. 때를 가리지 않는다.

하고자 작심만 하면 지체하지 않고 바로 도전하는 마음이 빛난다.

얼마나 아름다운가? 얼마나 멋스러운가?

그 힘으로 더욱 건강하게 더욱 젊게 살아가는 모습에 큰 박수를 보내고 싶다.

여기, 기쁨과 아픔이 일렁이는 59편의 작품은 평범한 일상생활에서 일어나는 일들을 잔잔한 추억으로 간직한 글 들이다.

그녀는 75세에 피아노를 배우고 아버지의 발자취를 찾아서 중국을 가기 위해 또 중국어를 배웠다.

  - 자신의 성장과 건강을 위해서
  - 사회 봉사를 위해서
  - 자신의 취미 생활로 무엇이든지 활동한다는 것은 보람된 생활이라고 본다.
  나 역시 계속 피아노를 배우다 보면, 내가 목표하고 있는 시골 교회에 가서 찬송가 반주를 해 보는 날이 있을 것이고, 중국어 공부도 계속하게 되면 가이드 도움 없이도 자유롭게 중국을 왕래할 수 있게 될 것이 아닌가.

― 〈나이를 잊고 사는 사람들〉 에서

사람은 어떤 목표를 향해 그 꿈을 키우면서 살아가는 사람이 있는가 하면, 어떻게 살아가느냐에 의하여 도전 정신의 힘으로 살아가는 사람이 있다.

75세에 그림을 시작하여 101세까지 살면서 미국의 국민화가로 불리운 '모리스' 할머니가 있다면, 한국에도 75세에 피아노를 배우고 중국어를 배우면서 삶의 행복을 누리는 차동희 수필가가 있음을 알아야 하리라.

눈부신 5월의 햇살이 유난히 따스하다.

그녀는 앞으로 또 어떤 장르에 도전하게 될지 심히 기대된다.

1부

2부

3부

4부

5부

6부

7 부

1부

아버지의 발자취를 찾아서 · 1

오랫동안 나의 염원念願이었던 아버지의 흔적痕迹을 찾아나서는 일을 70대 중반의 나이에 해냈다.(2014년 6월 17일)

태어난 지 3개월 만에 사별死別한 이후, 한 많은 인생살이를 잠시 뒤돌아보면서 아버지의 유해遺骸가 묻혀 있는 중국을 방문하기 위해서 장춘長春행 비행기를 탔다.

아버지께서는 한약방韓藥房을 운영하시는 부친父親 덕분에 부안군에 있는 조그만 시골 마을에 살면서 부안초등학교 1회 졸업생이 되셨다고 한다. 그 후에 전주사범학교를 졸업하시고 일본에 가시어 대학에 다니시다가 학비 부담 때문에 중퇴하고 귀국하신 후, 전남 보성군에 있는 웅치초등학교 교사로 재직하시다가 만주로 가셨다.

그 당시는 1930년대이므로 우리 국민은 일제치하日帝治下에서 노예처럼 살던 시절이니, 학교에서는 일본어日本語만 가르치고 일본어만 사용해야 하는 시절이다. 그런데 아버지께서는 밤이면 학생들을 불러 모아 놓고 한글 교육을 몰래 시키시다가 일본 경찰에게 들키게 되어서 교직에서 해임되거나 구속당할 위기에 처했을 때, 만주에 있는 조

선족 학교에서 교장을 공모한다는
소식을 듣고 응모하여 임명장任命狀
을 받고 만주로 떠나신 것이라고 한
다. (그 사건 외에 또 다른 일이 있었
는지는 아무도 모른다.)

1939년도에 길림성에 있는 대삼가
자란 곳에 협화소학교協和小學校 교장
으로 재직하시다가 그 곳에서 유행
했던 전염병에 걸려서 큰 병원까지
찾아갔으나 치료할 수 없다고 거부

아버지 차홍순(車洪淳) 생전의 모습(1939년도)

당한 후 집에 오셔서 10여 일간 앓으시다가 이 세상을 떠나신 것이다.

어머니께서는 한국에 계시는 조부祖父님 댁으로 전보를 쳤고, 그날
은 바로 할머니 환갑날이어서 온 가족이 모여서 만주에 있는 아들이
오기를 기다리고 있었는데 갑자기 사망전보가 날아왔을 때 할머님의
충격이 얼마나 크셨을까!

조부님은 아들의 사망소식을 믿지 않으려 하시면서 위급환자용 한
약을 처방하여 숙부에게 빨리 가지고 가서 형에게 먹이라 하시고, 형
이 살아있을 것이라 믿고 싶었던 동생은 사망한 형의 모습을 보고 약
봉지를 내던지면서 통곡하셨다고 한다.

숙부님은 자신의 손으로 바로 학교 옆에 있는 백양나무 아래에 묘
소를 만들고 비석까지 세웠으니 언제라도 찾기 쉬울 것이라고 말씀하

셨지만 너무 오랜 세월이 지나는 동안에 학교도 없어지고, 주소도 바꾸어서 묘소를 찾을 수 있으리라는 자신감은 매우 희박했다.

중국을 방문하기 위해서 1년간 중국어 공부를 했다. 그러나 몇 마디 의사표시는 할 수 있으나 그들의 대화가 전혀 들리지 않았다. 말이 통하지 않는 낯선 곳을 혼자 찾아가기가 두렵고 무서워져서 중국에 사는 조선족 가이드를 소개받았다.

가이드 현홍화玄紅花 씨! 그녀의 남편은 중국인 유위柳偉이었다. 수차례 가이드와 전화 통화를 하면서 내가 하고자 하는 일을 알려 주었고, 그녀 남편은 매우 적극적으로 나서서 변경된 주소지를 알아내고, 그 지역에 있는 중국인 소학교 교장과 전화 통화를 하면서 정보를 확인해냈다. 그 곳은 1945년 8.15 해방 이후 학교는 폐쇄閉鎖되고, 조선족은 모두 타지역으로 이동했으며, 중국인들이 살고 있었다.

1950년도에 6.25를 겪었던 우리 세대는 중국인이 퍽 두렵고 무서운 생각이 드는데, 그 분들은 격의隔意없이 대해 주었고 처음 보는 낯선 사람에게 최선을 다해서 도와주려고 애쓰는 모습을 보여서 진한 감동을 느꼈다.

최근 들어서 박근혜 대통령과 시진핑 주석이 몇 번 만나면서 친구 관계처럼 잘 지내게 되면서 용기를 내어 중국행을 결심했는데, 좀 더 일찍 찾아가 보았더라면 하는 아쉬움이 매우 크다.

그럼에도 그곳 중국인 학교인 제2중심소학의 교장, 부교장, 다른 선생님들까지 앞장서서 도와준 덕분에 협화소학이 있었던 터와 묘소자리까지 확인할 수 있었던 것은 기적이었다. 유위 씨가 교육부처에 문의도 해 보았으나 중국에는 아예 기록조차 없다고 했다는데 학교측의 적극적인 협조가 없었다면 헛걸음으로 되돌아왔을지도 모른다.

그 지역에서 오래 살았던 80대의 조선족 할머니와 90대의 중국인 할아버지의 생생한 증언을 통해서 선생님들의 안내로 현장을 확인하는 순간 가슴이 찡해지고 눈물이 핑 돌았다. 만약 내가 혼자 찾아다녔다면 며칠을 헤매고 다녀도 찾기 어려웠을 것이다.

학교 터에는 중국인 집이 있었고, 운동장은 모두 옥수수 밭이 되었으며, 밭에서 일하던 주민들의 말에 의하면 백양나무 아래 묘소 자리에는 20여 년 전까지도 몇 기의 묘가 있었으나 모두 무연고 묘라 관리하지 않으니 스스로 무너져 내려서 밭이 되었고, 아직도 밭을 파면 뼈들이 나온다고 했다.

아버지 유해를 찾으려면 밭을 파헤치고, 나오는 뼈들을 채집하여 DNA 검사를 한다면 하나라도 찾을 수 있겠지만, 그곳에서 흙을 한 줌 퍼오는 것으로 위로를 삼으면서 떠나올 수밖에 없었다. 중국인들의 적극적인 협조로 현장이라도 확인할 수 있었던 것만으로도 큰 위로를 받고 그 분들에게 다시 한 번 진심으로 감사하면서, 너무 늦게 찾아간 것에 대하여 아버지께 용서를 빌면서 천국에서 꼭 만나 뵐 수 있기를 기도한다.

寻找父亲的脚印·1

(一) 父亲的经历

七十五年前，1939年11月26日是我父亲(车洪淳)去世的那一天。享年38岁。听说，当时流行一种很难治的传染病，所以被医院拒绝治疗。回到家后，躺了十多天，永远离开了我们的身边。当时任中国吉林省松源市扶余县大三家子协和小学的校长。

父亲是1901年6月8日出生于韩国 全罗北道 扶安郡 下西面 三贤洞。是扶安初等学校第一届毕业生。

全州师范大学毕业后到日本留学，但由于昂贵的学费而中退。回国后在全南 宝城郡 熊稚公普学校 担任教师。

小时候，听母亲讲。当时韩国是日本统治时期，所有的学校都要用日语讲课，在学校必须要用日语说话。在这种环境下，父亲每到晚上召集学生，偷偷地教韩语。被日军发现会撤职或者拘留。

那时，听说大三家子的协和小学招聘校长的消息，这是一所位于满洲的朝鲜族学校，我父亲去应聘并成功受聘、接受委任。

我父亲是突然去世之后，母亲在爷爷家收到了告知父亲死亡的电报，那天正好是我爷爷的60岁花甲大寿，一家人原本欢聚一堂，突然接到电报，难以接受父亲死亡的事实。

我爷爷当时经营一所韩医院，危急时刻赶紧亲手调制了救命急药，让叔父赶紧带去给父亲服用。

一路奔波，终于在6号到达满洲，见到了我叔叔，叔叔告诉叔父，父亲已经去世，母亲昏倒人事不省。

一时难以接受父亲死亡的事实，我叔父把药袋子一扔，伏地痛哭。我父亲被葬在了学校旁边的墓地上，墓旁立上了石碑。

我叔父背着我大三大的哥哥车东明，我趴在妈妈的背上，回到了故国，之后母亲一直抚育我兄妹直到成人。

离开满洲的时候是寒冬，哥哥的耳朵被冻得通红，每年冬天冻伤都会发作，那时我们曾在满洲生活过的一种纪念，直到20岁之后，那种每年都发作的冻伤才终于消失了。

(二) 寻找父亲的痕迹

我还是母亲腹中的胎儿的时候，就回到了中国。1939年8月末，我才三个月大时，父亲就故去在协和小学的家里。现在，以75岁之身，回到中国找寻父亲的遗骸，心情无比紧张激动。

为了回中国，我接受了一年的汉语教育，但是还是不能自由表达。我采纳了儿女们的意见，请中国朝鲜族导游贤红花小姐给我作导游，向着中国出发。说着一口庆尚道方言的、朝鲜族导游小姐非常活泼善良。我和导游小姐多次通话以后，积极准备着。

导游小姐的丈夫是中国人，给予了我很多的帮助。

刘威先生给地处大三家子小学的教育部门打电话确认了当年协和小学的确切位置。

(三) 登上去中国的飞机

虽然我用了一年学习汉语，并一直用心准备，但是心情还是既沉重，又不安。凌晨4点就起床准备，坐上机场大巴7点到达仁川机场，9点50分登上了飞往长春市的飞机。

带着不安和紧张的心情达到长春，办好了各项入境手续之后，刚踏出出口就看到了带着白色手套，向我们挥手的导游。

导游的先生以及出租车司机先生同行三人都来接机，让我很受感动。有一种和久未谋面的知己重逢的感觉。

导游的先生和出租车司机先生是中国人，他们说的话一句都听不懂。我能开口说的话除了"谢谢"之外也别无其他。

我心里一直在祈祷"主啊，既然我已经到这里了，请给予我无限的帮助吧"。

我们一行人，首先找到了地处大三家子的"第一中心小学"。

正好，学校里有位朝鲜族老师接待了我们，他带我们去拜访了周边的一位朝族人家。

我们见到了一位老奶奶，这位奶奶在大三家子生活的时候，弟弟上朝族学校，自己因为是女孩不能上学，所以对协和小学这个名字不太清楚。

之后我们根据奶奶的话，找到了汉族学校"第二中心小学"。

导游的先生和校长通了几次话之后，基本已经能够确定，该学校就是旧时的协和小学。正好校长参加会议出去了，副校长先生接待了我们，并驱车载着我们去学校旧址看看。

与此同时，周边一位90岁的爷爷说自己能确定学校旧址和学校墓地所在地，所以也上车和副校长先生以前驱车前往打探消息。

根据爷爷的证言，确定了协和小学的旧址和就在旧址旁的墓地。

突然之间，感动之情溢于言表，我的心纠了起来，滚烫的热泪夺眶而出。学校在1945年8月15日解放后宣布关门，后来学校的建筑也没了，朝鲜族学生们也一个个离开，原来的土地上建起了中国人的家，土地也成了中国人的地。

我母亲说学校的旁边就是父亲的墓，墓旁竖有墓碑，近旁的墓因为时间流逝疏于管理，坍塌了只剩下一些土丘了。

周围的人说如果挖开坟地还可见遗骸。

可是，骸骨主任是谁是只能通过DNA检验才可得知了。

其实，我来到这里，能够嗅到这土地的气息就已经心满意足了。

在父亲最后工作过的地方，看到父亲的坟地。内心有种应该早20年，30年找来的内疚感"我来晚了，请宽恕我"

(四) 对中国人亲切接待的感谢

以前我认为是中国人冷冰冰的，严肃，很怕和中国人相处。

也许是过去625战争留下的刻板印象。

韩中这种冰冷疏远的国际关系持续了很长时间，最近习近平主席和朴槿惠总统频繁交往，两国的关系正朝着睦邻友好方向迈进，那种畏惧之情也在渐渐消失殆尽。

这次寻找父亲和痕迹，给予了我诸多帮助的贤红花小姐和先生刘威先生和直接驱车载我们去旧址给我们做介绍的中心小学副校长先生，已经热情服务的出租车司机先生，真诚地感谢你们。

还有来自韩国的那位年事已高的老奶奶，以及给予我帮助的很多甚至我连名字都不知道的人们，谢谢你们的热诚，我真的很感动。

你们虽然感动于我作为女儿找寻父辈的根源，我却十分羞愧。

贤红花小姐安慰我说"如果您再晚来一两年，那时老奶奶故去，那种活生生的证据可能就找不到了"，她说多亏我来得早。

能和老奶奶见上一年，而没留下遗憾，我真心感谢。

何时才能再有机会重回故地…。

아버지의 발자취를 찾아서 · 2

지난해, 아버지의 묘소를 찾기 위해서 장춘행長春行 비행기를 타고, 중국을 방문(2014. 6)했었다. 낯선 이국異國 땅을 찾아가려니, 퍽 두렵고 떨렸지만, 중국인中國人들의 친절과 성의에 감동되어서 행복감을 느꼈다.

그 분들의 도움으로, 기적처럼 유해遺骸는 사라졌지만 기적처럼 묘소墓所가 있었던 터를 찾아냈고, 내가 태어난 학교의 터를 찾아냈던 것이다. (나는 교장 사택에서 태어남)

그 때 결정적인 정보를 상세하게 알려 주신 분은 중국인 90대의 할아버지셨는데 그 어른의 생생한 기억력에 근거하여 그곳 중국인 소학小學의 선생님들 협조로 학교 터와 묘소의 터를 찾게 되었으므로, 이번에 가서 그 노인께 감사 인사를 꼭 하고 싶어서 그곳에 도착하자마자 안부를 물어보니 그 사이에 그 어르신은 천국으로 떠나시고 안 계셨다. 매우 섭섭하고 아쉬움을 이루 말할 수가 없었다.

중국을 방문하기 위해서 2년 동안 중국어 공부를 열심히 했지만 몇마디 의사표시만 가능할 뿐이고, 아직도 그들의 대화를 이해할 수 없다. 이번에도 지난번 가이드인 현홍화(玄红花, 조선족) 씨와 남편인 유위(刘伟, 중국인) 씨, 그리고 택시기사 장진해(张振海, 중국인) 씨를 만나서 함께 다녔다.

작년에 적극적으로 도와주신 부여시扶餘市 도뢰소진陶賴昭鎭 제2중심소학第二中心小學에 찾아가서, 교장(손용지, 孙涌智), 부교장(리전부, 李传富) 선생님께 감사 인사를 하고, 대삼가자에 있는 협화소학協和小學 터를 찾아가서 그 옆에 있는 아버지 묘소 터에 가서 기도를 드렸다. 부교장 선생님은 이번에도 대삼가자大三架子까지 안내를 해 주셨다.

두 번째 찾아가니 마치 고향에라도 간 것처럼 포근한 정감을 느꼈다. 지난 여름(6월)에 왔을 때는 옥수수 밭에서 일하는 주민들이 많았는데 이번에는 벌써 9월이라 가을에 접어들어서 옥수수가 노랗게 여물어가고 있었고, 들에서 일하는 분들이 드문드문 눈에 띄었다.

택시기사인 장진해 씨가 밭에 계시는 80대 중반 되신 중국인 할아버지 한 분을 모셔왔다. 그 분은 그 지역에서 태어나서 평생 동안 사신다는 어르신이었다. 어르신은 어릴 때, 협화소학 운동장에서 빨가벗은 몸으로 뛰어다니면서 놀았고, 운동장 가에 있는 큰 느릅나무에 매어둔 그네를 타면서 놀았다고 하셨다.

그뿐만 아니라 협화소학이 1945년 8.15가 지난 후 폐교閉校가 된 뒤에도 학교 건물은 10여 년 전까지 존재하고 있었다니, 거의 60여 년을 텅 빈 학교 건물이 존재하고 있었다는 것이다. 20년 전 쯤만 찾아왔어도 학교 건물을 볼 수 있었을 것이고, 어머니께서 생존해 계실 때, 찾아와 봤다면 얼마나 기뻐하셨을까 하는 아쉬움이 컸다.

그 이웃 마을에 조선족 학교인 도뢰소소학은 협화소학이 폐교된 이후에도 존속하고 있어서, 학생들은 그곳으로 전학을 가고 가족들은 이사를 갔다고 한다. 마침 그곳에 86세 되신 조선족 할머니가 살고 계신다기에 방문을 했다.

그 할머니는 어릴 때, 한국에서 살다가 부모님이 대삼가자로 이주하시면서 그곳에 있는 협화소학을 다니셨다고 했다. 10세가 되어서 학교에 입학(1941년도)하셨다는데, 황黃 교장이 새로 오셨고, 그 이전에는 차車 교장이 계셨다고 들었는데 아파서 돌아가셨다고 했다. 그래서 그 할머니는 아버지 얼굴을 볼 수 없었노라고 말씀하셨다.

가이드 남편인 유위 씨가 전하는 바에 의하면, 최근에 일본인 학자가 고백한 세균 실험한 내용이 뉴스에서 발표된 적이 있는데 1939~1940년 사이에 바로 아버지가 사셨던 그곳 도뢰소에서 세균 실험이 있었다는 것이다. 실험 대상자는 그 지역에서 사는 사람들이었을 것이고, 일본어를 할 줄 아는 사람이었다는 것이다.

'혹시 아버지께서도 그 실험대상에 뽑혀서 희생자가 되신 것은 아닐까?' 하는 섬뜩한 생각이 들기도 한다. 아버지께서 만주로 가신 것도 밤에 학생들에게 몰래 한글을 가르친 것이 원인이었고, 그곳에 가신 지 1년도 못 되어서 갑자기 전염병에 걸려 10여 일만에 눈을 감으셨다는 것이 의아한 점이 많았었다.

아버지께서는 1939년 음력 10월 15일(양력으로는 12월 초)에 돌아가셨다. 그 때 나는 태어난 지 만 3개월이었고, 오빠는 3세(車東明)에 불과했으며, 어머니는 산모의 몸이신데 왜 전염병이라면 가족들에게 전염이 되지 않고 30대 후반이신 건강하셨던 아버지 혼자만이 전염되셨단 말인가?

이해가 잘 안 되는 사건이었다. 아버지의 일기장이라도 전해졌다면 증거가 나올 수도 있었을 텐데…. 뭔지 좀 풀리지 않는 수수께끼 문제 같기만 하다.

80대 중반이신 그 할아버지 말씀에 의하면, 아버지 묘소가 있었던 곳에 조선인 묘소가 여러 기基가 있었고, 자손들이 찾아와서 유골遺骨을 화장火葬시켜서 찾아간 사람도 있었다고 전해 주셨다.

중국을 가기 위해서 2년간 공부를 했으나 터놓고 대화는 못했어도 더듬거리면서 의사표시도 해 봤고, 길가에 늘어선 간판들을 읽을 수 있어서 좋았다. 나는 중국에 가도 이제는 벙어리는 아니고 눈 뜬 장님은 아니라는 자신감自信感도 생겼다.

더 계속 중국어를 공부해서 또 다시 그곳에 가 볼 생각이다.

왠지 아버지께서 추석이 되면 아버지가 마지막 사셨던…, 만주滿州. '누가 성묘 올까?' 하시면서 기다리고 계실 것만 같아서….

寻找父亲的脚印 · 2

去年，为了找父亲的墓地我乘坐飞往长春的航班去了中国。
(2014.06)　在异国他乡又害怕，又紧张。但由于中国人的盛情款
待所感动，感到非常幸福温馨。

因为有了他们的帮助，解除了许多疑惑，还找到了墓地的所在地
和我出生的地方-学校。（我出生在校长住宅）

当时，提供绝对性详细信息的人就是中国人，享年九十岁的一位
老爷爷。通过这位老爷爷的记忆，再加上当地小学老师们的协助
才能够找到学校所在地和墓地。为了答谢这位老人，我到地方就
开始打听他的消息，很遗憾。这位老人已经去世了。

非常遗憾，非常惋惜。为了去中国，我认真学习了两年的汉语。
但只能表达简单几句，还不能完全理解他们的对话。

这次去中国，还是上次的导游玄红花(朝鲜族)和她的爱人刘伟
(汉族)，出租车司机张振海陪同。

这次，专门拜访去年给予积极帮助的扶余市陶赖劭镇第二中心小
学的校长，副校长转达谢意，还去了大三家子协和小学附近的墓

▲ 중국 소학에서. 좌로부터 가이드 남편(유위), 부교장(리전부), 교장(손용지), 저자(차동희), 가이드(현홍화) – 中心小学在. 从左 导游爱人(刘伟) 副校长(李传富) 校长(孙涌智)作者(车东姬)导游(玄红花)

地拜祭父亲。这次也是副校长一路同行到大三家子村。

第二次访问，仿佛来到了故乡，感到温暖。

去年夏天(六月)来的时候，有不少在玉米地里干活的住民，这次已是九月入秋时分，玉米渐渐地熟了，干活的住民也不多了。

出租车司机张振海请了一位八十中旬的中国老爷爷。他生在这里，长在这里，一直到现在。

这位老人说小时候在协和小学的运动场上光着屁股玩要，荡秋千玩儿。还说，协和小学于1945年8月15日后被已关闭。但学校建

▲ 협화소학운동장이 옥수수밭으로 바뀌었다
－ 协和小学运动场 改变 玉米地

筑物十多年前还存在。

也就是说关闭后学校建筑维持了六十多年。如果，二十多年前，我的母亲在世的时候来的话就能看到学校建筑了。真的很可惜。

听说，附近村子里有一所朝鲜族小学陶赖昭小学，自从协和小学关闭后还存在，学生们都转到这所学校甚至搬到这里。

恰好那里住着一位86岁高龄朝鲜族老奶奶，于是我拜访了她。

那位老奶奶说小时候住在韩国，之后随着父母一起移居到大三家子村，上了协和小学。

▲ 부친의 묘소 부근에서
－ 在父亲墓地附近

十岁入校(1941年)，当时听说黄校长是新任校长，之前是车校长。据说是因病去世。 所以这位老奶奶没见过车校长。

据导游的爱人刘伟说，最近日本学者在新闻里报道关于日本细菌实验，当时1939~1940之间就在父亲所在地陶赖昭镇，实验对象就是当地居民和会说日语的人。有时，真的不敢想象的想到"或许我父亲被选为细菌实验对象而失去生命了呢"。

父亲之所以去满洲也是因为深夜给学生偷偷教韩语。不到一年突然得了传染病，十多天就去世了。对这有很多疑点。

▲ 협화소학 출신 할머니와 함께
－ 协和小学出身的 老奶奶 在一起

父亲去世于1939年阴历10月15号(阳历12月初)。

当时，我刚满三个月，哥哥才三岁(车东明)，母亲是产妇。

如果真的是传染病的话为何我们一家都没被传染，而是三十多岁
健壮的父亲呢？

不可思议的一件事情。假如父亲的日记本被遗留下来的话，也许
会有证据。这一切似乎像解不开的谜语。

八十中旬的那位老爷爷说，父亲所在墓地里还有很多其它朝鲜人
的坟墓。有的子孙把遗骨火葬后带回了故乡。

▲ 택시기사 장진해와 함께
– 出租车 司机 张振海在一起

为了去中国学了两年汉语。虽然不能完全对话但也能说上几句，
还能看懂街道上的牌子而感到高兴。还增加了许多自信。
我还想，再接再厉，努力学习汉语，再次去那个地方。
父亲生前居住的异国他乡－满洲。
总觉得，一到中秋父亲会等待着"谁来看我呢"。

어머니의 일터

고향에 내려온 지 어언간 6년이 되어가건만 농촌에 살면서도 흙의 소중함을 모른 채 세월을 흘려보내다가 뒤늦게 흙의 소중함을 피부로 느끼게 되었다.

아무리 좋아하는 사람도 옆에 있을 때는 소중함을 모르다가도 멀리 떨어져 있게 될 때 그제서야 그리워지듯이 조그만 텃밭이지만 단독주택에서 살 때에는 흙의 소중함을 미처 깨닫지 못하다가 그 집을 떠나 연립주택으로 이사온 뒤에서야 흙의 소중함을 절실하게 느끼게 된 것이다.

농촌에서 살고 싶다면 흙과 벗삼아 살아야 하고 흙 떡 주무르듯 하면서 소중하게 다룰 줄 아는 사람만이 농촌에서 살 자격이 있다고 본다.

금년에 89세이신 노모님은 천성이 근면한 탓인지 잠시도 쉬지 않고 호미 하나로 텃밭을 가꾸면서 항상 흙을 주무르셨고 일하는 것을 즐겨하신다.

지난 번에 주민등록증 갱신신고를 하면서 무인拇印을 찍는데 지문指

紋이 잘 나타나지 않아 담당 공무원이 "할머니 무슨 일을 그렇게 많이 하셨어요?" 하면서 놀라워했다.

어머니는 아침에 일어나면 즉시 텃밭으로 들어가신다. 밤 사이에 더 자라난 각종 채소와 꽃나무를 살펴보고 매일 다르게 자라나는 모습을 보면서 어린아이처럼 즐거워하신다.

"애, 나와 봐라. 오늘은 채송화꽃이 세 개나 피었구나."

"오늘은 노란꽃도 피었네"

하시면서 꽃잎을 어루만지고 어린아이처럼 티없이 밝은 미소를 지으신다.

6년간 호미 두 개가 뭉툭하게 닳아져 나갔다. 대문 밖에 있는 길바닥에 일주일만 되면 무성하게 자라나는 잡풀을 낱낱이 호미로 뽑아내면 지나는 사람마다 "그까짓 것 제초제를 뿌려서 죽여버리지 귀찮게 뽑고 있습니까?" 하면서 고생을 사서 한다는 듯이 혀를 끌끌차지만 어머니는 고집스럽게 일주일이 멀다 하고 풀매는 일을 하신다.

그렇게 근면하게 노동을 한 덕분인지 건강유지를 잘 해내신다.

그런데 겨울이 오면 방안에 외풍外風이 심하여 담요와 이불을 문에 가리기도 하고 전기난로를 켜 놓기도 하지만 내의를 두세 벌 껴입고 다니신다.

서울에서 아파트에 살 때는 실내에서 항상 여름 옷을 입고 사셨는데 방안에 보온이 잘 안되는 옛 초가집에 스레트 지붕만 올린 탓인지 외풍을 막아내기 어려웠다.

마침 상서에 연립주택에 지어졌기에 서슴없이 이사를 감행했다. 이사를 하게 되자 좋은 점은 새 집이라 깨끗해서 좋고 여름에 파리, 모기에게 시달림을 받지 않는다는 것과 방안에서도 떠오르는 붉은 해와 둥근 보름달과 초생달의 모습을 마주 바라볼 수 있다는 것이 좋다.

어머니(박동이)의 생전 모습

가을이 되자 황금빛의 들판이 우리집 정원처럼 눈앞에 가득 메워서 먹지 않아도 배가 부른 듯하고, 겨울이 되면서 하얀 눈이 들판을 뒤덮고, 찬바람이 세차게 창문을 스쳐가면서 동장군冬將軍의 위세를 떨치고 있지만 방안의 온도는 봄날처럼 따뜻하다.

그러나 좋은 점만 있는 것이 아니다. 어찌 보면 가장 소중한 것을 잃은 것 같은 느낌이 들기도 한다. 왜냐하면 단독 집에 살 때는 마당과 텃밭이 온통 어머니의 운동장이요, 일터요, 놀이터였던 것이다.

그러다가 이 집으로 이사오면서부터는 사면四面이 시멘트 벽으로 가려진 집안에 갇혀서 살게 되니 운동량이 꽉 줄게 된 점이다.

호미로 뽑아낼 풀도 없고, 가꾸어야 할 채소밭도 꽃밭도 없어졌으며 꼬리치면서 재롱을 떨던 발발이도, 발 밑을 맴돌면서 몸을 비벼대던 고양이도 없기 때문이다.

하루종일 방안에 앉아서 텔레비전을 보면서 누웠다 앉았다 자다가 놀다가 화투놀이나 하는 것이 고작이니 어머니의 얼굴에 힘이 없어 보인다.

재작년에 강원도로 이사간 친구 영만이가 얼마 전에 다녀갔다.

그 친구는 60평생 호미를 쥐어본 경험이 없는 친구인데 아들 덕에 강원도에 가서 산을 개간하여 밭을 조금씩 일구어서 이것저것 씨를 뿌리고 가꾸어서 수확하는 재미가 어찌나 쏠쏠하고 가슴이 뿌듯한 지 말로는 다 표현할 수 없다고 했다.

특히 처음으로 가꾸어 본 고추농사는 약간의 비료를 한 번 뿌려 주었을 뿐이고 그저 매일 들여다보고 만져주면서 정성을 쏟았더니 벌레 한 마리 없이 싱싱하게 자랐고, 길쭉하고 매끈하게 뻗은 큰 고추가 빨갛게 익은 후, 그걸 따서 말리는데 그렇게 재미스럽고 기쁠 수가 없었다고 했다.

그러면서 이 다음 죽어서 다시 인간으로 태어난다면 꼭 전문적인 농사꾼이 되어서 농사를 잘 지어보고 싶단다.

흙은 인간들이 정성을 쏟아넣은 만큼 보답을 한다는 것이 자연의 섭리가 아닐까! 어머니의 유일한 일터인 텃밭을 처분해 놓고 어머니의 놀이터를 빼앗은 듯 죄스런 생각이 들어서 다시 어머니의 일터를 마련해 드리기로 마음 속으로 결정을 내렸다.

이곳저곳 장소를 물색한 결과 10년간 비워둔 농가를 구했다. 손바닥만한 마당이지만 어머니의 일터로 활용하기에는 괜찮을 듯해서 그 집을 손질하게 된 것이다.

먼저 한전에 전기 설치를 요청했더니 즉시 계량기計量器를 설치하러 온 젊은이가 "왜 이런 농촌에서 살려고 하세요?" 하면서 좀 의아하다는 듯이 질문을 던진다.

"고향이니까요."

"아! 그러세요."

뭔가 이해가 된다는 듯이 더 묻지 않았다.

주위에서는 귀신 나올 것 같은 빈 집을 무엇하려고 손질하는가 하고 웃을지도 모르겠지만 뒤늦게나마 흙의 소중함을 느꼈기에 비록 갓난아기의 궁둥이만한 마당이지만 텃밭으로 만들어서 어머니의 소일거리가 되고 일터이며, 운동장이 될 수 있기를 바라면서 손질해 보기로 한 것이다.

뒤늦게 흙의 소중함과 신비로움, 그리고 경이로움을 느끼면서 일의 고귀함을 깨닫게 된 값진 삶의 체험이 된 셈이다.

(2001년도)

어머님 생각

　세월은 유수流水와 같다고 하더니 어느 사이에 어머님께서 우리 곁을 떠나 먼 곳으로 가신 지도 10개월이 흘렀다.

　아직도 집안 곳곳에 어머님의 체취와 흔적들이 남아있어서 집안 어딘가에 살아계신 듯 착각을 느끼기도 한다.

　큰 사진을 방안에 두고, 오며 가며 바라볼 때 금방 무슨 말씀을 하실 것 같고, 어머님이 좋아하셨던 기억들을 일깨워주는 계기가 생길 때는 눈물이 맺히곤 한다.

　어머님 유품을 많이 정리했지만 집안 구석구석에서 어머님의 추억을 되새길 수 있게 하는 발자취가 남아 있다. 얼마 전에도 어머님이 신으시던 덧버선이 눈에 띄었다.

　앞발부리에 구멍을 곱게 꿰매어 신으셨던 것이라 어머님의 알뜰하시고 뛰어나신 바느질 솜씨가 떠올라서 눈시울을 적시게 했다.

　1940년대 50년대 가난하게 살았던 농촌에서 삯바느질로 남매를 키우시면서 초등학교까지 졸업시킬 수 있었다는 것은 오직 어머님의 바느질 솜씨 덕분이라고 생각한다.

얼마 전에 TV에서 '천국의 아이들'이란 외국영화를 보면서 어린 남매가 운동화 한 켤레를 가지고 교대로 신고 학교에 뛰어다니는 모습에서 어릴적 생각이 떠올랐다.

오빠와 나는 신고 다니던 검정 고무신이나 운동화가 신발 뒤축이나 앞부리가 닳아서 구멍이 뚫리고 옆이 찢겨질 때면 어머님은 곱게 꿰매어 주셨다.

검정 신은 검정 천으로 흰 신발은 흰 천으로 꼭꼭 누비듯이 꿰매어서 신고 다니다 보면 본래 모습은 감추어지고 흰 천과 검정 천으로 누빈 누비신발이 되고 말았다.

어머님이 아껴 입으시던 연보랏빛 단속곳은 10여 년을 입으시면서 천을 꿰매고 또 꿰매어서 두터운 누비바지가 되었다.

오늘 아침에는 북어국을 먹다가 갑자기 눈물이 흘러내렸다.

몸이 서서히 쇠약해지시면서 입맛을 잃으시고 무엇이나 첫 수저를 드실 땐 맛있다고 하시지만 투정을 부리시면서 수저를 놓으시곤 하셨다. 며칠 전 목사님 댁에 갔다가 북어국을 맛있게 끓이는 비법을 배웠기에 전수받은 대로 실습을 해 봤더니 예상했던 맛이 나왔다.

어머님이 생존해 계셨을 때 이런 맛이 나는 국을 끓여드렸다면 틀림없이 "맛이 시원하다" 하시면서 잘 잡수셨을 것 같아서 진즉 배워 오지 못함을 후회하며 눈물을 흘린 것이다.

내가 만학을 하고 또 늦은 결혼 후 제왕절개帝王切開로 딸애를 출산하고 병원에 9일간 입원해 있을 때 웃음 띤 얼굴로 열심히 뒷바라지를 해 주셨다.

병원에서 매일 끓여주는 미역국이 싫어서 밥을 잘 먹지 못할 때 어머님이 정성들여 끓여 온 구수한 된장국으로 식사를 잘 할 수 있었다.

추운 겨울 날씨에도 외손녀를 보신 기쁨에 활짝 웃으시던 그 모습이 30년이 된 지금에도 생생하게 떠오르면서 그때가 가장 행복했던 시절 같다.

어머님은 90세에 떠나셨지만 88세까지도 직접 밥도 지으시고 김치도 담그셨고, 라면도 끓여 드시고 본인의 빨랫감은 세탁기보다는 직접 빨기를 즐겨하셨다.

그래서 그렇게 건강하게 사실 수 있었는지도 모른다. 늘 부지런히 쓸고 닦고 텃밭에 뭔가 뿌리고 가꾸고 거두어들이고 주변을 항상 잘 정리하시는 정갈하신 분이셨다. 그렇게 근면하시고 성실하셨기에 백세장수百世長壽하실 줄 알았더니 훌쩍 떠나시고 말았다.

살아계실 때, 몸이 불편하실 때, 좀더 따뜻하게 부드럽게 상냥스럽게 딸의 도리를 다해 드리지 못한 점이 날이갈수록 마음 속 깊이 뼈저린 후회와 죄책감으로 나를 매우 슬프게 한다.

어머님! 부디 천국에서는 이 세상에서 가족들에게 받아보시지 못했던 호강과 큰 축복을 주님과 함께 세세 무궁토록 누리시기를 간절히 기원합니다.

(2003년도)

어머니의 미소

호남고속버스를 타고 서울에서 부안으로 내려오는 동안 고속도로 양편에는 여러가지 꽃들이 서로 시샘이라도 하는 듯이 봄소식을 알리고 있다. 가장 눈에 잘 띄는 꽃은 노란 개나리꽃과 연분홍빛의 진달래꽃 그리고 화사한 벚꽃들이다.

넓은 들판에는 파란 보리 잎들이 바람에 출렁거리고 이곳저곳에서는 농부들이 농사지을 준비를 하느라고 바쁘게 움직이는 모습이 온 세상이 살아서 숨쉬듯 생동감을 느끼게 한다.

봄소식을 알리는 진달래를 보노라면 어머니의 수줍은 듯한 환한 미소가 눈앞에 떠오른다.

나의 어머니!

이 못나고 어리석은 딸을 위하여 한평생을 고생만 하시다가 떠나가신 어머니!

딸을 위해서 당신의 한 몸은 돌보시지 않으시고 희생하신 어머니!

공부하고 싶다고 미친 듯이 날뛰는 철부지 딸을 위해서 낯선 서울에 올라가 시장가에 앉아서 영하의 날씨에도, 손발에 동상이 걸려도 몸이 부서지도록 밤늦게까지 한 푼이라도 모으려고 열심히 일하셨던 어머니!

딸이 크게 성공하여 큰 효도라도 해 드렸더라면 고생하신 보람이라도 있었으련만 노력이 부족했던지, 능력이 모자란 탓인지, 타고난 운명이 이 정도로 만족해야 할 사주팔자였던지 어머니께 가슴 벅찬 행복을 맛보시게 못해 드렸다.

긴긴 시험 지옥생활을 청산하고 말단직 공무원에 취업할 때까지 나는 요즘 유행하는 캥거루족이었던 것이다.

중학교 입학금도 마련 못한 형편에 대학까지 밀고 들어간 그 용기는 너무나 뻔뻔스런 만용이었다.

겨우 30세가 되어서야 취업을 한 딸이 사람 구실을 하게 되자, 어머니는 바깥일을 끝내고 집안에서 생활하시게 되었지만 그때부터는 또다시 딸의 집에서 가사노동을 전담하신 셈이 되고 말았다. 그래도 항상 얼굴에 밝은 미소를 띠고 계신 퍽 낙천적인 어르신이셨다.

가요무대와 전국노래자랑 시간은 빠뜨리지 않고 감상하셨으며, 좋아하시는 노래가 나오면 손뼉을 치시면서 함께 따라 부르셨다.

인기드라마 시청도 즐기시면서 다음에 이어질 내용이 궁금해서 그 시간을 기다리셨던 어머니시다.

벌써 어머니가 우리 옆에 안 계신 지가 2년 반이란 세월이 흘렀다.

그러나 때로는 어머니가 곁에 계신 듯 착각을 일으킬 때도 있다.

어머니가 즐겨 들으셨던 방송프로가 나올 때마다 미소띤 어머니 모습이 그리워진다.

왜 그때 함께 즐겁게 노래하면서 좀더 어머니를 기쁘고 즐겁게 해 드리지 못했던가?

어머니의 산소를 찾아 주변을 둘러보니, 여기저기에 예쁜 진달래꽃이 활짝 피어서 꽃동산을 이루고 있다.

어머니 생전에 꽃을 좋아하셨기에 진달래 꽃망울이 맺히면 가지를 꺾어 물병에 꽂아 어머니 방에 갖다 놓으면, "벌써 봄이 왔구나" 하시면서 활짝 웃으시던 어머니!

이제 꽃가지를 꺾어다 드릴 분도 계시지 않지만 진달래 꽃동산에 누워계시니 꽃가지를 꺾을 필요도 없게 되었다.

꽃을 좋아하셨기에 마당가 여기저기에 갖가지 꽃을 심어 놓고 아침에 일어나시면 이 꽃 저 꽃을 들여다보시면서 만년 소녀처럼 환한 미소를 지으셨던 어머니!

꽃을 싫어하는 사람은 별로 없겠지만 유난히 꽃을 좋아하신 나의 어머니!

봄소식을 알리는 고속도로변에 핀 꽃들을 바라보면서 어머니 생전에 효도란 걸 제대로 못해 본 불효를 생각하니 때늦은 후회로 눈가에 눈물이 적신다.

(2005년도)

어머님께 올리는 글
– 어머니, 불효의 죄를 용서하십시오

어머니 불러도 대답 없는 어머니!

90평생 사시면서 아무리 피곤하시어도 낮잠을 주무시지 않으시던 분이 갑자기 금년(2002) 8월 초부터 밤낮을 가리지 않고 지친 모습으로 깊은 잠에 취하셨을 때, 어머니께서는 저 높은 곳을 향하여 긴 여행을 떠날 준비를 서서히 하시었지요.

그런데도 미련한 딸은 눈치채지 못하고서 "어머니, 왜 그렇게 잠만 주무세요?" 하고 흔들어 깨우면 "저승 잠잔다"라고 짧게 대답하시었습니다.

"어머니, 어디 아프세요?" 하고 물어보면 "아픈 데 없어"라 하시었고, "어머니, 아침이 되었으니 세수도 하고 아침 드셔야지요" 하면 "배고프지 않아. 잠이나 더 잤으면 좋겠다"라고 하셨습니다.

아무 음식이나 모두 달게 잘 드시던 분이 '생선은 비린내가 나서 싫고, 김치는 맵고 시고 짜서 싫고, 김은 질기고, 과일도 먹기 싫고, 국은 달기만 해서 싫다' 고 하시면서 투정만 하셨지요.

억지로 일으켜서 앉으시게 하고 강제로 음식을 떠 넣어 드리면 토

해 버리시기도 했습니다.

식사의 양이 조금씩 줄어들고, 기운이 서서히 약해지시기에 보약을 사다가 드려 보았지만 효험이 나타나지 않았습니다.

영양제 주사를 맞게도 해 보았고 원하시는 음식을 골라서 드려 보았으나 한두 숟갈 드시면 싫다고 하셨습니다.

기氣가 허약해지신 뒤에는 약藥의 효험이 없었습니다.

행여 치매癡 증세가 나타날까 봐 노심초사했더니 기가 약해지시면서 자리에 눕게 되셨지요.

항상 부지런하고 성실하며 깔끔했던 분이시라 백세 장수하실 줄 믿고 평소의 건강체크에 소홀했던 것이 큰 불효를 범하게 된 것입니다.

가끔 "머리가 아프다" "가슴이 아프다"고 하실 때나, 구토를 하실 때에도 노환이라 여기고 간단히 병원에 가서 처방전을 받아다가 약을 사다 드리거나 우황청심환을 잡수시면 곧 나으시는 듯했었지요.

진즉 종합건강검진을 철저히 했더라면 미연에 방지할 수 있었던 병들을 소홀히 한 탓에 큰 병으로 키운 꼴이 된 것입니다.

24시간 수면을 취하려 하시면 흔들어 깨워서 화투라도 치자고 귀찮게도 했으며, 일어설 기력이 없다는 분에게 걸어다니는 연습을 하시라고 졸랐고, 밥이 먹기 싫다고 하시면 억지로 입을 벌리도록 해서 숟갈로 음식을 떠 넣으면서 삼키라고 졸라대면 "삼켰다. 아……." 하시면서 입을 크게 벌려 주시기도 하시었죠.

그런 생활이 시작된 지 겨우 3개월도 못 되어 어머니는 우리 곁을 떠나 저 높은 곳으로 가셨습니다.

어머니 혼자 힘으로는 화장실 출입을 자유롭게 하실 수 없게 되면서부터 딸의 불효가 커진 셈입니다.

얼마 되지 않는 일거리지만 일주일에 3일간 출강하는 문제로 학기 중간에 중단할 수 없었기에 어머니의 간병문제가 큰 고민이 되었던 것입니다.

주변에서 간병할 수 있는 사람을 찾아보았으나 적절치 못하여 노인 전문병원에 입원케 되신 것입니다. 방학이 될 때까지만 병원에 계시도록 하려고……

그러나 어머니는 기다려 주시지 않고 입원한 지 겨우 2주일만에 떠나시고 말았습니다.

이제 방학이 되고 보니 후회의 눈물이 줄줄 흘러내립니다. 간병해 드릴 어머니는 이미 떠나시고 곁에 계시지 않기 때문입니다.

지금까지 살아 계셨다면 좀더 잘 해 드릴 수 있었을 텐데……

어머니께서 딸에게 베풀어주신 하해河海 같은 은혜에 '백분의 일' 이라도 보답할 수 있었으련만 기회는 사라지고 말았습니다.

어머니는 퍽 쾌활하셨고 명랑하셨으며 노래를 좋아하시어서 가요무대와 전국노래자랑 시간을 기다리셨고, 함께 노래를 부르시기도 하셨으며, 특히 가수 중에서도 송대관, 이미자, 주현미, 설운도, 태진아를 좋아하셨지요.

노인복지병원에 입원 중에도 간병인이 "할머니 노래 불러 주세요"

하면 조금도 주저하지 않으시고 "이 풍진 세상을 만났으니……"하며, '희망가'를 구성지게 작은 목소리지만 즐거우신 표정으로 눈을 감으신 채로 부르시곤 했습니다.

"할머니는 가사도 안 틀리고 박자도 잘 맞추어서 노래를 잘 하십니다"라고 옆에 있는 환자의 보호자가 칭찬을 하기에 "우리 어머니는 과거에 방송국에 나가서 노래자랑도 하신 분이세요" 하면서 맞장구를 쳤더니, 갑자기 어머니는 "하하하……" 하고 모처럼 크게 웃으셨습니다.

"왜 웃으세요?" 하고 물었더니 "칭찬 받으니까 기분이 좋아서…."

복지병원에서 1주일 동안은 퍽 좋아 보이셨는데 갑자기 호흡呼吸 곤란증세가 나타나서 산소 호흡기를 코에 끼시면서 급속도로 건강상태가 악화되셨습니다.

대학병원 응급실에 가셨을 때만 해도 기분은 좋으셨는지 노래를 부르셨지요. 눈을 뜰 수 있는 기력도 없어서 눈을 감으시고, 침대에 누워 계셨으니, 수많은 응급환자들이 옆에서 신음하고 있었고, 의료진들은 촉각을 곤두세우고 진료에 여념이 없는 위급한 상황인데 "봄이로구나 봄……" 비록 조그만 목소리지만 봄 노래를 하시기에 "어머니, 여기는 병원이야, 노래하시면 안 돼요."

"그래? 그럼 조용히 해야지. 조신하게 얌전히 있어야지"하시면서 엷은 미소를 지으셨죠.

양손에는 두 개의 주사기와 연결된 줄이 늘어져 있고, 코에는 산소를 공급하는 줄이 연결된 상태에서 대소변이 나오는 줄도 모르고 일 회용 기저귀를 사용하면서도 노래를 하고 싶으셨다니 참으로 이해할 수 없는 일이었습니다.

X-ray실로, CT촬영실로 침대에 누운 채로 끌려 다니면서 검사를 받는 일은 병을 치료하기 위한 과정이었지만, 몸도 가누지 못하시는 어머니로서는 얼마나 고통스런 일이었습니까!

오른쪽 폐가 하얗게 나타났다면서 폐암일 확률이 70~80%는 된다고 의사들이 판정을 했습니다.

만약 폐암이 확실하게 입증된다면 90세 된 노인이시니 방사선치료를 할 수도 없고 수술도 할 수 없다고 했습니다.

이미 치료하기에는 때가 늦었다는 것입니다.

의사들의 소견에 동의하기 싫었습니다. 아니 믿고 싶지 않았지요.

왜냐하면 폐암은 고통이 극심하다고 들었는데 지금까지 옆에서 볼 때에 그런 고통을 느끼지 못했기 때문에 부정하고 싶었습니다.

의사는 폐암이나 간암은 뼈로 전이되기 전에는 통증을 못 느낀다고 했습니다.

다음날 입원실로 들어가셨을 때만 해도 눈은 잘 뜨지 않으셨지만 대화는 나눌 수 있었습니다.

간병인을 구하여 곁에서 보살피게 할 수밖에 없었던 점이 아직도 불효不孝를 범한 죄책감으로 남아있습니다.

겨우 하룻밤 응급실에서 지냈는데 두 다리에 쥐가 나고 어지럽고

50

온몸이 나른해졌습니다.

　비록 간병이 서툴지라도 가족들이 번갈아가면서 보살펴 드린다면 어머니 마음이 더 편안하셨을 텐데 낯선 간병인의 도움을 받는다는 것이 조금은 부담스러웠을 것입니다.

　간병인이 "할머니 제가 누군 줄 아세요?" 하고 물으면 "몰라요" 하면서도 죽물을 떠 드리고 약도 드리고 물도 마시게 하고 손발을 주물러 드리고 가슴을 토닥거려 드릴 때마다 항상 "감사합니다" "고맙습니다" 하시면서 인사를 하셨다지요. 낯선 분의 도움을 받는 것이 좀 미안스러웠기 때문일 것입니다.

　우리 교회 목사님은 부안에서 전주와 익산까지 수시로 방문하시어 어머니의 영혼구원을 위하여 간절하게 기도해 주시면 "아멘, 아멘" 하시면서 순한 양처럼 순종하셨지요.

　함께 찬송가를 부르자고 하면 "복의 근원 강림하사……"를 잘 따라 부르시고, 눈을 감고 계셨지만 목소리만 듣고서도 목사님을 기억하시고, 기도해 주시면 항상 "고맙습니다" "감사합니다"란 인사를 하셨습니다.

　어머니의 모습을 보면서 종교의 위대한 힘을 체험할 수 있었고, 어려운 때일수록 종교의 도움이 필요함을 느꼈습니다.

　폐암이란 확증을 찾아내려는 듯이 의사들은 어머니의 척추에서 큰 주사기로 체액體液을 채취採取했습니다.

　그후부터 어머니의 상태는 급속도로 더욱 악화되셨습니다.

간병인이 이런 저런 집안 이야기를 물어보면, 묻는 대로 술술 답변을 잘 하시고, 딸이 잘해 준다고 딸 자랑도 하셨다는데, 척추에서 체액을 빼낸 이후부터는 간신히 "응, 응……" 정도 밖에 의사표시를 못하셨습니다.

가장 보고 싶다던 외손녀가 서울에서 내려와 할머니 손을 붙잡고 울먹이면서 "할머니, 할머니 눈 떠 보세요"하면서 애타게 불러봐도 눈을 감으신 채로 목 안에서 겨우 "음, 음" 하시는 신음소리로 응답하신 것이 마지막 대화였던 것 같습니다.

이틀 후 담당의사는 폐에 물이 가득 차서 호흡이 힘드시니까 폐에서 물을 빼내면 호흡이 수월해져서 산소호흡기를 빼어낼 수도 있을 것이라는 매우 희망적인 의견을 피력했습니다.

'산소호흡기를 빼낼 수 있다면 얼마나 좋을까' 라는 꿈 같은 희망을 안고 고통스러울 것이라고 했지만 그 수술에 동의한 것입니다.

거의 한 시간 가량 긴 시간을 비록 부분 마취를 한 상태였지만 의사도 진땀을 흘리면서 옆구리에 구멍을 뚫고 폐에 긴 관을 끼우면서 조직을 떼어내어 조직검사까지 실시하였습니다.

그렇게 힘든 수술을 했건만 기대한 것만큼 폐 안에서 나온 물의 양은 많지 않고 그 수술 후 어머니는 이틀만에 우리 곁을 떠나시고 말았습니다.

어머니 곁에서 잠시 엎드려 졸다가 꿈을 꾸니, 폐에서 물을 뺀 후 찍은 CT촬영사진에 오른쪽 폐肺가 반쯤 까맣게 나타난 사진을 보고 좋아라 했건만 그 꿈은 저의 환상에 그치고 말았습니다.

물을 빼낸 후 촬영한 CT사진을 본 후, 의사는 "폐암이 100% 확실합니다"라고 소견을 전했습니다.

그럴 줄 알았더라면 차라리 아무런 검사도 하지 말 것을 하고 후회를 해 봤지만 이미 엎질러진 물이었습니다. 병원에 입원한 이상, 의사는 임종 순간까지 최선을 다하여 치료를 해야 하고 만약 검사나 치료를 거부한다면 퇴원해야 한다는 것입니다.

20대 30대의 젊은이들도 병으로, 사고로 픽픽 쓰러져서 병원에 와도 입원실이 부족하여 응급실에서 대기하고 있는데, 나이 드신 노인들이 치료는 아니 받고 임종 때까지 요양을 위해서 입원한다면 용인할 수 없어 즉시 퇴원해야 한다고 의사는 소신을 밝혔습니다.

그러므로 병원에 있는 동안은 싫어도 어쩔 수 없이 의사의 소견에 따를 수밖에 없었습니다.

동맥動脈에서 정맥靜脈에서 임종하시는 순간 바로 직전까지도 수차례 채혈採血을 하고, CT촬영실로 몇 차례나 침대채로 끌고 다녀도, 척추와 허파에 구멍을 뚫어 관을 끼워 넣어도, 입원해 있는 동안은 병원의 처분대로 맡길 수밖에 없었습니다.

순간적으로 퇴원하고 싶은 충동과 병원에 입원케 해 드린 것을 후회도 했지만, 퇴원한다 해도 이미 집안에서는 간병할 수 있는 상태가 아니었습니다.

소변도 방광에 낀 호스를 통해서 배설해야 했고, 음식물이나 약도 코에 낀 관에 주사기로 주입시켜야 했으며, 수시로 가래도 뽑아내야 하고, 산소호흡기도 부착된 상황이었기 때문입니다.

며칠간 수명壽命 연장을 위해서 몇 시간 더 호흡을 지속시키기 위해서 코에 끼웠던 산소호흡기가 입으로 옮겨졌고, 그래도 호흡이 곤란해지자 입 속에 굵은 관이 끼워졌습니다. 비록 의식은 가물가물하신 상태시지만 그 통증이 얼마나 크셨겠습니까!

마지막으로 심장 박동기를 부착한다면 더 수명이 연장된다고 했습니다.

의식은 이미 없는 상태에서 몇 시간 호흡을 연장시키는 것이 무슨 의미가 있겠습니까? 도리어 고통의 연장이 아닐까요?

손과 다리는 퉁퉁 부어 오르면서 온기가 싸늘하게 식었습니다. 다만 어머니의 젖가슴만은 더듬어 보니 마지막 순간까지도 따스하게 체온體溫이 남아있었지요.

제가 아기 때 젖을 먹여 주시었고, 어린시절에 더듬어야만 잠을 잘 수 있었던 바로 그 포근하던 어머니의 젖가슴!

어머니, 치료할 수 없으신 병인 줄 알았더라면 병원에 입원케 하지 말고 집에 계시면서 편안하게 잠드시게 했을 텐데, 집안에 의사가 없으니, 솔직하게 의견을 털어놓는 의사는 없었습니다.

'이미 치료는 불가능하니 모시고 가서 집에서 고이 잠드시게 하십시오' 라고 왜 의사들이 진심으로 조언을 못해 줍니까?

최근에 말기 환자들에게는 치료를 중단하고 품위있게 죽을 수 있도록 하는 의료법을 제정하도록 하자는 설들이 매스컴을 통해서 떠돌았습니다.

그런 법이 진즉 제정되었더라면 어머니께서도 그런 고통은 면할 수 있었으련만……

세상에 널려 있는 저와 같은 불효자식들에게 고告하노니 부모님이 떠나신 후 후회하지 말고, 살아계실 때에 함께 살면서, 따뜻한 물 한 모금이라도 원하실 때 드리는 것이 효도이지, 돌아가신 뒤에 진수성찬을 차려 놓고 큰절을 하고 회개悔改의 눈물을 흘린다고 불효가 상쇄相殺되지 않습니다.

어머님! 이 딸의 불효를 용서받을 수 없을 줄 압니다.

학교 강의를 핑계로 간병인에게 임종이 가까워진 어머님의 병간호를 의뢰하고, 저녁에도 조금이나마 더 어머니 곁에 머물지 않고 간병인이 불편해 한답시고 집에 가서 편안하게 잠을 잤습니다. 앉아 계시기에도 힘든 분을 일어나서 걸어보시라고 괴롭혀 드렸습니다.

밤낮없이 잠을 자실 때, 편히 주무시도록 그냥 놔두지 못하고 행여 치매증세가 쉽게 나타날까 봐 눈을 뜨라고 억지로 흔들어 깨웠고, 먹기 싫다는 음식물을 강제로 입을 벌리라고 소리치면서 떠 넣고 삼키라고 괴롭혀 드린 것도 지금 생각해 보면 얼마나 어리석은 행동입니까!

아무 곳에도 가기 싫다고 거부하시는 분을 차에 태우고 다니면서 친구 분 집에 모셔다 드리고 화투 치시라면서 힘들게도 해 드렸습니다.

마지막 이 집을 떠나시던 날도 편안히 누워서 쉬고 싶다고 하셨는데 억지로 일으켜 세워서 2층에서부터 혼자는 서지도 못하시니 부축해서 계단을 내려가시다가 중간에 퍽 주저앉으시면서 "나, 아무데도 안 가!"하시면서 어린아이처럼 떼를 쓰셨던 그 모습이 바로 어제의 일처럼 귓가에서 맴돌고, 눈앞에서 생생하게 어머니의 힘들어 하셨던 모습이 떠오를 때는 이 딸은 한없이 어머니께 죄송하고 가슴이 저려오고 슬퍼집니다.

결국 그날을 마지막으로 이 집에 다시 못 오시게 되었고, 병원인지 집안인지도 모르시고 눈만 감고 계시다가 떠나가신 어머니!

딸이 저지른 수많은 잘못을 이제서야 눈물로 회개한다고 용서받을 수 있을까요?

언젠가는 이 딸도 어머니 곁으로 가는 그날, 다시 용서를 빌겠습니다.

부디 하늘나라에서 영생복락永生福樂 누리시기 바라옵니다.

(2003년도)

취향의 변화

인간의 감정은 시시각각으로 변화된다. 좋았던 것이 싫어지기도 하고, 반대로 싫었던 것들이 좋아지듯이……

요즘 길거리를 거닐다 보면 특이한 현상을 볼 수 있어서 우리 국민들의 취향趣向의 변화를 느낄 수 있다.

나는 부안에 있는 조그마한 시골 마을에서 살았다.

초등학교 5학년 때 6.25 한국전쟁이 있었고 휴전이 되었어도 평화롭지 못하고 불안과 공포 속에 갇혀서 떨면서 살았던 기억이 난다.

그 이유는 마을 건너편에 변산이 있었고 변산 속에는 빨치산들 잔당이 숨어 살면서 수시로 마을에 내려와서 먹을 것과 입을 것 등을 강탈해 갔고 이따금 살생까지 저질렀기 때문이다. 빨치산은 왜 빨치산이라고 하느냐 하면 '새빨간 거짓말을 하기 때문이다' 라고 누군가 말해 주었다.

그래서인지 당시에는 빨간 색을 꺼려했던 것 같다.

그 시절에 우리들은 가난 속에서 허우적거리면서 살아가고 있었기에 옷이라고는 무명베로 어머니가 만들어 주시는 치마, 저고리, 바지를 입고, 버선을 신고, 색상은 너나 나나 모두가 검정 치마에 검정 바지, 흰 바지, 흰 저고리가 대다수의 옷차림이었다.

2000년도 초에 중국에 갈 기회가 있어서 가 보았더니 여기 저기 빨간 빛이 눈에 확 띄었다. 식당들은 모두 안팎을 빨간 빛으로 치장했고, 고궁들도 온통 붉은 빛으로 감싸 있었다.

그들은 결혼식장에 갈 때 빨간 옷을 많이 입고 축의금 봉투는 거의가 빨간 봉투를 사용한다고 한다.

중국인中國人들이 그렇게 홍색紅色을 좋아하는 이유는 홍색이 길운吉運을 상징한다고 여기고 있기 때문이란다.

내가 어릴 때, 우리 고향에서는 이사 간 집에서는 꼭 붉은 팥죽을 끓여서 온 집안 여기 저기에 뿌렸는데 그 이유는 붉은 색을 잡귀雜鬼들이 싫어해서 침범하지 못하게 한다는 예방차원이라고 했다.

1990년대 초에 일본에 갔을 때는 유난히 검은 색이 주류를 이루고 있음을 볼 수 있었다.

그들은 유치원 시절부터 3명만 모여도 '줄서기'를 하는 것이 몸에 배였다는데 아침에 길거리 풍경은 온통 검정 옷차림의 줄이 여기저기 줄줄이 서 있어서 이색적인 모습이었다.

우리나라에서는 집 근처에서 까치소리가 들리면 반가운 손님이 올 모양이라면서 좋아했지만, 까마귀소리는 몹시 싫어했던 기억이 나는데 일본에서는 까마귀가 길조吉鳥로 여겨져서 유난히도 숲속에서 까마귀소리가 요란스럽게 들려왔다. 그래서 그들은 검정색을 선호하는 듯하다.

우리나라는 백의민족白衣民族이라고 하여 흰색을 좋아한 민족이었다. 가난한 나라였으니 다채로운 색상의 옷을 입고 살 수 있는 여유도 없었겠지만 백의민족임을 자랑스럽게 여기면서 살아왔다고 여긴다.

그런데 요즘 너무나 급속하게 색상에 대한 취향趣向이 변화되었음을 보면서 놀라지 않을 수 없다.

왜냐하면 대다수의 남녀男女가 검정색 옷을 많이 입고 다니기 때문이다. 나이도 상관없이……

그리고 주말에 등산객들 옷차림을 보면, 빨간색 상의에 빨간 모자에 빨간 배낭에 운동화도 온통 빨간색으로 변화되고 있다. 빨간 빛은 산에 가면 멀리서도 눈에 확 띄게 하는 효과가 크기 때문인지도 모른다.

얼마 전에 아파트 뒷산에서 본 할아버지 모습이 떠오른다. 발끝에서 머리끝까지 온통 빨간 빛이었다

운동화, 바지, 상의上衣, 모자까지 빨간 색이었다. 그런데 왜 나는 그 모습을 보면서 웃음이 터져 나왔을까?

괴인怪人처럼 느껴졌기 때문이었을까? 그러나 그 모습에서 왠지 생동감이 표출되는 듯했다.

반대로 우리 아파트에 사는 어떤 할아버지는 꼭 흰 구두에 흰 양복에 흰 모자를 쓰고 다니는 분이었는데 처음에는 그 모습이 퍽 멋있게 보였지만 어쩐지 생동감은 느껴지지 않았다.

나이가 들면서 어느 사이에 나 자신도 색상에 대한 취향이 변화되어 가고 있음을 느낀다. 60대 중반까지 사회활동을 하면서 항상 검정 계통의 옷을 많이 입었었다.

그런데 60대 후반부터 환한 색상이 좋아졌다. 빨간 T셔츠, 빨간 점퍼, 빨간 스카프까지……. 왠지 검정색이나 흰색은 칙칙해 보이고 건조해 보여서 발랄한 빛이 좋아지고 있다.

이게 나이 탓일까? 조금이라도 젊어 보이려는 위장술僞裝術일까? 아직 빨간 바지는 입어 본 적이 없는데, 언제 빨간 바지 차림도 할는지는 모른다.

가을이면 길가에 있는 가로수나 아파트 주변에 있는 단풍나무, 산 위에 있는 나뭇잎들이 빨갛고 노랗게 단풍들었을 때 얼마나 화려하고 아름다운 모습인가! 그 색깔이 흰색이나 검정색이라면 단풍잎을 아름답다고 할 수 없을 것이다.

요즈음 남녀를 불문하고 빨간색과 검정 계통의 색을 좋아하고 있음을 엿볼 수 있다.

TV화면에 나오는 유명 인사들도 빨간 넥타이가 많이 눈에 띄고, 길거리에 젊은 여성들의 핸드백이나 지갑들도 빨간색이 눈에 많이 띈다.

그 이유는 아름답게 보이려는 것일까? 눈에 잘 띄게 하려는 것일까, 길운을 따르게 하고 싶어서일까?

꿈으로 보여주신 주님의 은혜

나는 20세까지 농촌에 있는 조그만 마을에서 살았다.

온 동네가 가난 속에서 허우적거리면서 힘들게 살고 있는데 1950년에(12세 때) 6.25 한국전쟁과 극심한 가뭄으로 인하여 마을에서는 굶어 죽는 사람이 있었다.

그 당시 바가지를 들고 이집 저집 다니면서 밥을 얻으러 다니는 거지들도 많았다.

나는 책읽기를 좋아해서 눈에 띄는 책은 모두 읽는 독서광이었지만 간신히 초등학교만 졸업하고 상급학교에 진학하지 못했다.

그때 그 지역에서 저수지 파는 공사가 있어서 오빠가 일하러 다녔고 품삯으로는 미국에서 온 구호물품인 밀가루를 받아왔다.

그 밀가루로 수제비와 칼국수, 빵을 만들어서 먹었다. 만약 그 밀가루가 없었다면 그 지역에서 수많은 사람들이 굶어 죽었을 것이다.

어린시절이지만 미국에 대하여 매우 감사한 마음이 들었다.

나는 미국이 잘 살게 된 것은 하나님을 믿는 기독교 국가였기 때문이란 것을 느끼게 된 것이다. 그래서 나는 교회에 다니고 싶어졌다.

그러나 그 지역에는 이 산, 저 산에 절들만 있었다.

그러다가 20세가 지나서야 서울에 와서 만학을 하게 되었다.

20대 중반에서야 대학에 다니면서 밤낮을 가리지 않고 잠과 싸우면서 열심히 공부를 했다.

대학 3학년 시절 대학도서관에서 시험공부를 하다가 깜박 낮잠을 자게 되었다. 잠이 깨자 나는 잠을 잔 시간이 너무 아까워서 안타까워하면서 기도를 드렸다.

"하나님! 이번 시험을 잘 치를 수 있게 도와주십시오, 부처님도요."

어릴 때부터 어머니를 따라서 뒷산에 있는 절에 다녔기에 무심코 그런 기도가 튀어 나온 것이다.

그 때 비몽사몽간에 하늘에서 큰 불덩이 두 개가 환하게 비추면서 나타나더니 둘이서 '꽝' 하고 부딪치면서 불빛이 번개처럼 번쩍하는 바람에 깜짝 놀라서 위를 올려다 보니 아무것도 보이지 않았다.

그 순간 나는 두 종교를 믿는 것은 안 된다는 것을 깨닫게 되었다.

그 후부터는 오직 주님만을 부르게 되었고 교회를 다니게 되면서 어머님도 교회를 다니시게 되었다.

어머님은 명예권사님(박동이 권사)이 되셨고 열심히 교회에 다니셨는데 믿음의 뿌리가 약한 듯해서 좀 불안했다.

어머님은 80대 초에 고향(전북 부안)으로 가서서 그곳에 있는 교회에 잘 다니셨다. 그러시다가 90세에 천국으로 떠나셨는데, 왠지 내 마음은 불안하고 염려스러워서 나는 기도를 드렸다.

"어머님, 천국에 잘 가셨는지요? 궁금합니다" 하면서 초조한 마음으로 기도를 드렸다.

어머님이 가신 후 3일 되는 날 밤, 어머님은 홀연히 꿈에 나타나셨다. 10월 말경이라 추운 겨울이어서 창문은 꼭꼭 닫혀 있는데, 어머님이 창문 틈으로 살그머니 들어오셔서 내 앞에 미소 띈 얼굴로 서 계셨다.

나는 너무 반가워서 "어머니, 천국에 가셨어요?"하고 물었더니 미소 띈 얼굴로 고개를 끄덕끄덕하셨다.

"오! 감사합니다. 주님! 어머니 잘 하셨어요."

어머님께서는 활짝 웃는 나의 모습을 보시고 아무 말씀도 없이 다시 창문 사이로 날아서 하늘로 휙— 올라가셨다. 그 후로는 어머님이 천국에 가신 것을 확신하면서 마음이 편안해졌다.

딸(최수연 집사)은 외할머님이 천국 떠나시기 3일 전날 밤에 꿈에 흰옷 입은 여인들이 한 줄로 서서 천국으로 가는 대열 가운데에 외할머님도 함께 서서 가시는 모습을 보았다고 했다.

이렇게 주님께서는 꿈속에서 주님의 은혜를 보여주신 것이다.

어머님이 천국 가신 지도 벌써 13년이 되어가지만 언제나 그 꿈을 떠올리면 주님의 은혜에 감사드리면서 내 입가에서는 항상 미소가 흘러나온다.

2부

짱알짱알하는 영감이라도

'10년이면 강산도 변한다'는 옛말이 21세기에는 어울리지 않는 말이라고 본다. 분分, 초抄마다 빠르게 발전하고 변화되는 현대사회에서는 과거의 속담도 시대에 맞게 달라질 수밖에 없으니까.

요즈음 우리 한국 사회도 많은 변화가 일어나고 있는데 가정생활을 들여다보면 겉보기로는 많이 달라진 듯하지만 여전히 변치 않고 있는 문화文化가 살아 숨쉬고 있다. 그것은 바로 남존여비男尊女卑 사상과 남아선호男兒選好 사상일 것이다.

특히 60대 이상 된 계층이라면 그 강도가 더욱 심하고 그로 인하여 성역할性役割에 대한 고정관념의 뿌리가 깊어서 그런 의식을 바꾸게 하려면 더 많은 세월이 흘러가야 할 것 같다.

'남편은 하늘이고 아내는 땅'이라고 주장하던 옛 속담이 '땅 값은 올라가도 하늘 값은 오르지 않는다'는 속담으로 바뀌었다던가?

초등학교를 졸업한 지도 어언간 50년이 흘렀지만 이농離農현상 후 학생 수가 줄어서 모교母校가 폐교 위기에 놓였다고 하니 왠지 허전한 느낌이 들기도 한다. 소꿉친구들은 각각 제 살 곳을 찾아서 흩어져 살고 외국으로 이민간 친구도 있으니 자주 만날 기회는 적다.

기껏해야 일년에 한두 번 만날 수 있을까 말까.

대부분 자녀들을 결혼시켰고 늦게 낳은 아이가 있는 몇몇 친구들만 한두 명 남아있기에 이제 부담없이 홀가분한 나이가 되었다고 여겼더니, 아직도 아내 역할, 어머니 역할, 그리고 할머니 역할이 추가되어 여전히 바쁜 생활을 한다는 것이다.

여자 동창들 중에서 모임에 나오고 싶어하는 친구들끼리 1년에 두서너 번 모임이 있는데, 그때마다 이런 일 저런 일이 걸림돌이 되어서 나오지 못하는 친구들도 있다.

3년 전까지만 해도 내소사를 거쳐서 직소폭포까지 등산하는 길에 거의 동참했었는데 이번 모임에서는 다리가 불편해서 두 명은 아예 모임에 불참했고 한 명은 모임에는 나왔으나 방안 신세를 면치 못했다.

부안읍에서 함께 점심을 먹고 내소사로 출발하려는데 갑자기 정아가 죄인인양 몸을 웅크리면서 하는 말이

"나, 지금 집에 가야 돼. 남편이 못자리 일을 한 후 몸살이 나서 불편하거든. 친구들이 보고 싶어서 나왔는데 얼굴 봤으니까 이제 가야겠어. 이해해 줘."

"딸이 함께 산다면서 왜 그래?"

"실은 딸이 임신 중인데 입덧이 심해서 아무 일도 못하고 또 우리 영감은 젊어서부터 내가 없으면 기다리고 밥을 안 먹는 사람이야. 딸

애가 식사하시라고 해도 내가 밥상을 차려줄 때까지 기다리는 사람이
거든."

그러자 경아가 한 마디했다.

"영감이 없으니까 자유로워서 좋더라. 잔소리 안 듣고, 간섭 안 받
고…."

그때 갑순이가 불만을 토吐했다.

"나는 여기저기 아픈 데가 많아서 몇가지 약을 먹지만 우리 영감은
건강하면서도 하나에서 열까지 나만 시키고 불평만 해서 힘들어."

조용히 듣고 있던 경애가

"우리 영감도 짱알짱알해서 힘들어."

그때 선숙이가

"나는 짱알짱알하는 영감이라도 있었으면 좋겠다"면서 큰 소리로
한 마디하자 모두들 깔깔거리면서 폭소를 터트렸다. 선숙이는 지난해
대수술을 받고 힘든 병원생활을 하면서 떠난 남편 생각이 간절했던
모양이다.

그 친구 남편은 유난히 애처가愛妻家여서 주위 사람들이 부러워할
정도였으며, 아내에게 큰 소리 한 번 안 쳤다고 하는데 아마 일찍 떠
날 줄 예감이라도 했던지 열심히 일을 해서 아내가 일생 동안 먹고 살
기엔 부족함이 없게 해 놓고 떠났다고 한다.

'마누라를 마마처럼 떠받들어주던 남편이 떠났으니 저 여자는 절
대로 혼자 못 살고 재혼할 거야' 라고 말 좋아하는 이들이 입방아를 찧

었다는데 아직까지도 선숙이는 혼자서 잘 살고 있다.

그런 그녀가 짱알짱알하는 영감이라도 있었으면 좋겠다니, 얼마나 외로움을 참기 힘들었으면 그런 말을 할까 하고 마음이 찡해져 왔다.

서울에서 온 옥이가

"야, 너희들 나 친구 하나 소개해 주라. 이 나이에 재혼까지는 어렵겠고 가끔 데이트라도 할 수 있는 친구가 있었으면 좋겠다."

모두 늙어가고 있는 모양이다. 육신도 마음도 함께 약翳해지는 친구들의 모습이 눈에 훤히 보이는 듯하다.

인간들의 힘으로 환경을 변화시키고 우주를 정복하고 어쩌고 떠들어봐도 파도처럼 거세게 밀려오는 세월의 흐름을 도저히 피해 갈 수는 없으니 자연의 섭리에 순응할 수밖에….

(2003년도)

나이가 들면 뻔뻔해진다
– 바뀌어야 할 부안의 식당문화

올 여름은 다른 해보다 더위가 일찍 시작되더니 장마도 일찍 찾아와 벌써 이곳저곳에서 피해가 발생하고 있다.

벼농사를 시작하자마자 물 속에 잠긴 벼를 보면서 농부들의 아픈 마음이 느껴진다. 적당량의 비와 알맞은 온다가 지속될 때 풍년이 올 텐데, 우리 인간들의 힘으로는 어찌할 수 없는 영역일 뿐이다.

지난해 이맘때, 서울에 사는 오빠가 장마 속에 어머니의 산소가 걱정되었는지 내려왔을 때, 마침 점심시간이라 부안읍에 있는 모 식당에 들어갔다.

식당에 앉자마자 찬물 한 병과 물수건을 가져오니 즉시 물수건을 얼굴로 가져간 오빠는 불쾌한 표정으로 "수건에서 쉰 냄새가 나네."

그 소리를 듣고 내 앞에 놓인 것을 펴서 냄새를 맡아보니 이상한 약 냄새가 풍겼다. 장마 탓에 그러려니 하고 위생에 무신경한 나는 말없이 놓고 "꺼림직하면 사용하지 말아요" 하고 핸드백에 있는 크리넥스를 꺼내 주었다.

"물수건에서 냄새가 나면 음식 맛도 떨어져요."

그때 젊은 아가씨가 음식을 가져다가 상 위에 놓자 오빠는

"아가씨, 물수건에서 냄새가 나는데 물티슈로 바꿔봐요"

하고 퉁명스럽게 말하자

"우리가 수건을 세탁하지 않고 업주에게 맡기는데 세탁할 때 약물 사용 관계로 냄새가 날 경우도 있는데 깨끗하게 세탁된 것이니 괜찮아요" 하면서 그 정도 냄새는 묵인하지 뭘 잔소리냐는 말투였다.

"아가씨, 물종이로 바꿔야지. 이런 것을 사용하면 안 되지."

"장사하면서 서로 상부상조相扶相助해야지요."

하며 조금도 양보하려는 자세가 아니다.

옆에서 듣기가 거북하여 "그만해요" 하고 더 이상 말을 못하게 했더니 입을 다물고 식사를 하는데, 옆자리에 온 손님이

"어, 아주머니 수건에서 쉰내가 나는데?"

주인 아주머니는

"미안합니다. 세탁할 때 약물 사용 관계로 그렇대요."

그러자 오빠는 "아까 그 아가씨에게 냄새난다고 하니까, 뭐 '상부상조해야 한다'고 도리어 반박하더라고. 물종이로 바꾸든지 해야지 이런 걸 손님에게 내 놓아요" 하면서 큰소리를 쳤다.

"왜 이렇게 큰 소리쳐요? 그만큼 했으면 됐으니 그만해요" 했더니

"하하하, 나이가 들면 뻔뻔해진다니까. 젊어서는 하고 싶은 말도 못하고 참고 살았는데 이제는 하고 싶은 말을 해 버려야 속이 후련해. 이 집도 한 마디 들었으니까 아마 물수건을 사용하지 않을지도 몰라."

어찌 보면 사회질서를 바로 잡기 위해서는 오빠처럼 뼈있는 지적을 해 주는 사람이 필요하다고 본다.

지난 주말에는 서울에서 옛 직장동료들이 고창 선운사와 고인돌 군락 등을 보러 왔다가 점심시간이 되어 풍천장어구이 집에 들어갔다.

그 식당에서는 장어구이 맛보다는 반찬들이 모두 깔끔해 보이고 맛이 좋아서 나물무침들과 김치를 추가로 주문해서 먹기도 했다.

고창은 풍천장어로, 전주는 비빔밥으로 유명해져서 톡톡히 실속을 차리는데 부안을 상징하는 음식은 무엇인가? 백합죽인가, 바지락죽인가! 아니면 격포회와 곰소회, 젓갈인가?

부안문화재를 알리고 관광객을 유치하는 데는 무엇보다도 부안의 식당문화가 바뀌어야 한다고 본다.

특히 휴가철이면 찾아오는 외지인들에게

1. 타지역보다 음식값이나 숙박비를 비싸게 받지 않도록 해야 하고,

2. 위생문제를 철저히 단속해서라도 청결을 유지토록 하며

3. 음식물은 적당량을 차려 놓고, 부족하면 추가로 내 놓고, 손님이 먹고 남긴 것은 그 앞에서 폐기시켜 신선한 부안의 식당문화를 정착시키고

4. 식당업을 하는 분들은 감칠맛 있는 음식솜씨도 중요하지만 깔끔하고 청결하고 상냥하고 친절한 미소가 몸에 밸 때 한 번 온 손님은 단골이 되고, 그들은 곧 부안을 홍보해 주는 역할까지 해 줄 것이다.

요즘 부안이 원전수거물센터 유치문제로 유명세를 타고 있는데 이럴 때일수록 손님이 불쾌한 언행을 해도 그분들을 왕으로 모셔야 또 찾아오게 할 수 있을 것이다.

(2004년도)

멋쟁이 노老 신사

내가 10대 소녀시절에 즐겨 불렀던 노래 가사 중에 '서울이 좋다지만 나는야 싫어, 정든 땅 언덕 위에 초가집 짓고……'가 생각난다.

그러나 이젠 초가집은 민속촌에서나 볼 수 있고 번듯번듯한 양옥집들이 농촌에도 우뚝우뚝 솟으나 옛날 농촌 풍경은 찾아보기 어렵다.

그뿐인가. 농촌에서 태어난 젊은이들이 도시로 떠나고 나이든 어른들만 단둘이 아니면 홀로 외롭게 사는 모습을 보게 된다.

나 역시 젊은시절에는 공부한답시고, 직장에 다닌답시고 서울에서 생활을 했지만 이제 노인층에 끼어들어 고향에 내려와 살고 있으나 나이를 잊고 산 지 오래다.

서울에는 많은 친구들이 있고 딸이 살고 있어서 이런 일 저런 일로 한 달에 한두 번씩 서울을 왕래하게 되는데 그때마다 양손에 항상 두세 개의 짐을 들고 다닌다.

오늘도 부슬부슬 비가 내리는데 우산과 핸드백, 그리고 이것저것 넣은 시장가방을 들고 끙끙거리면서 전철이 오자 허겁지겁 차 안으로 들어서서 두리번거리면서 빈 자리를 찾아보았으나 허사였다.

이미 발 빠른 승객들이 먼저 들어가서 빈 자리를 차지한 뒤였으므로 구석에 노약자석 앞으로 가서 손에 든 것을 내려놓고 고속버스터미널에 버스표 예약 전화를 하려고 부스럭부스럭 핸드백 안에 있는 핸드폰을 꺼냈을 때, 바로 앞에 앉아계신 80대로 보이는 노 신사분이 벌떡 일어나신다.

'내리시려나?' 하는 순간 "짐도 많으신데 여기 앉으세요"하면서 자리를 양보해 주셨다.

나는 깜짝 놀라서 "아닙니다. 곧 내립니다. 어서 앉으세요" 하고 사양했지만 노 신사는 완강히 거부하시면서 나에게 앉으라고 강권하셨다.

너무 사양만 하는 것도 베푸시는 어른께 결례가 될 것 같아서 쑥스럽고 겸연쩍었지만 앉을 수밖에 없었다.

'조금만 앉아있다가 내린다는 핑계로 이 자리를 피해 가야지' 하고 있을 때, 옆에 앉았던 승객이 내리게 되어 그 노 신사는 자리에 앉으시게 되었다. 그제야 미안스런 마음에서 벗어나 뒤늦게 인사를 했다.

"제 나이가 아직 자리를 양보받아야 할 정도는 아닌데 죄송합니다."

"저는 여자들의 나이를 잘 판가름하지는 못하지만 남자니까 여자분들에게는 자리를 양보해야 된다고 생각해서 양보한 것입니다."

"저는 여자 남자를 구별하는 것보다는 건강한 사람은 서서 가도 되고, 약한 사람은 앉아서 가야 된다고 봅니다."

"저는 아직 건강하니까 서서 가도 좋고, 여사님께서는 무거운 짐을 드셨고 또 멀리 가시는 모양이어서 양보했습니다."

정말 멋진 노 신사이셨다.

그 어른은 분명히 가정에서도 좋은 아빠, 이해심 많은 남편, 멋진 할아버지 약할을 잘 해내실 것이었다.

대한민국 남자들이 모두 그 멋진 노 신사처럼 여성들을 배려해 준다면 얼마나 살기 좋은 사회가 될까!

어떤 노인들은 버스나 전철 안에서 피곤하고 지쳐서 졸고 있는 젊은이들에게까지도 강제로 자리를 내놓으라고 호통치는 배짱 좋은 분들도 있는데 말이다.

서서 갈 수 있는 힘만 있다면 서서 가는 것이 건강에도 좋고, 그런 시절이 행복한 시절이며, 앉아있기도 힘든 상태가 될 때는 외출하기도 어려울 것이다.

건강할 때 건강관리를 잘 해야지 편안한 것만 좋아하다가는 건강을 잃은 뒤에 후회한다고 해도 회복하기는 어렵다.

새해부터는 나보다 약弱한 사람들에게 조금만 더 관심을 갖고 배려해 준다면 따뜻한 인정이 오고 갈 것이며, 보다 더 잘 살 수 있고, 보다 더 발전되고 변화되어 살기 좋은 사회가 되련만……!

(2004년도)

늙은이 냄새

"어머니, 옷에서 냄새나는 것 같은데 언제 옷 갈아입었어요?"

"오늘 아침에 갈아입었는데…."

딸로부터 어머니 옷에서 냄새난다는 소리를 듣게 되자 갑자기 폭삭 늙어버린 느낌이 든다.

우리 어머니가 살아계실 때 80대 초까지도 머리에 비녀를 끼셨는데 긴 머리를 감을 때마다 아까운 긴 머리카락이 한 줌씩 빠져 버리므로 쪽이 차츰차츰 작아져서 비녀가 힘없이 스르르 빠지곤 했다.

그래서 머리를 자주 감지 않은 탓에 여름이면 냄새난다고 딸이 투정을 해도 머리 빠지는 것이 아까워서 자주 감을 수 없다 하셨다.

오랫동안 딸로부터 설득을 당하신 후 60여 년 고수하신 쪽을 자르고 파마를 하시자 "이렇게 홀가분하고 좋은 것을 진즉 자를 걸" 하시면서 거울을 들여다보시고 활짝 웃으시던 기억이 떠오른다.

언젠가 시내버스를 탔을 때 앞좌석에 앉으셨던 노인이 내리자 버스 기사님 왈,

"어휴 냄새, 노인들 좀 씻고 다니지 악취에 머리가 아파요."

늙으면 몸동작이 느려지고, 여기저기 아픈 곳이 많아져서 귀찮고 힘이 들어 머리도 자주 감지 못하고, 몸도 잘 씻지 않고, 옷도 자주 갈아입지 않으니 노인 냄새를 풍길 수밖에 없을 것이다.

젊은이들은 맵시를 내느라고 옷도 예쁜 것을 골라 입고, 화장도 정성들여 하며, 향수도 뿌리고, 목욕도 자주 하고, 머리도 뻔질나게 감으니 그들이 스쳐 지나만 가도 향긋한 샴푸냄새와 꽃향기 나는 화장품 냄새, 그윽한 향수냄새까지 코 끝을 간지럽게 한다.

그러나 늙으면 검버섯이 번진 얼굴에 거미줄처럼 얽힌 주름살 위에 화장을 해도 잘 받지 않지만 몸의 청결과 얼굴 단장에 얼마나 신경을 기울일까!

65세만 되면 국가에서 교통비를 지원해 주고, 고궁이나 국립공원은 무료입장이며, 지하철은 무료로 탈 수 있는 특혜를 받는데 처음에는 쑥스럽기도 하고 한 편으로는 즐거우면서도 서글픈 마음이 들기도 했다.

50대 중반에 명예퇴직을 하고 대학에 강의를 나가면서 왠지 학생들이 늙은이라 혹시 냄새라도 난다고 하지 않을까 염려가 되어 학교 가는 날에는 퍽 신경을 썼다.

머리도 정성들여 손질하고, 옷도 색상을 잘 배합해서 입었고, 얼굴도 조심스럽게 다독여 보고….

이제 외손자를 보살펴 주어야 하는 외할머니로 변신하였지만 벌써부터 몸에서 냄새를 풍기는 상태로 빠져서야 되겠는가!

오늘 오전에 외손자가 아토피 때문에 몸을 긁으면서 칭얼대기에 업고 밖에서 돌아다니느라고 땀을 줄줄 흘렸더니, 그 땀이 옷에 배어 땀 냄새가 딸의 코를 자극한 모양이다.

우리 딸은 어릴 때부터 유난히 후각嗅覺이 민감한 아이였다.

냉동실에 오래 보관된 음식은 냉장고 냄새난다고 싫어했고, 집안에서도 옷에서도 무슨 냄새가 난다고 지적한 후 틀림없이 무언가 알아내는 아이였다.

오늘도 딸이니까 서슴없이 엄마에게 냄새가 난다고 말할 수 있었지만, 다른 사람이라면 버스기사처럼 뒤에서 험담을 하거나 마음 속으로 투덜투덜하였을 것이다.

늙어서도 자기 손으로 자신의 몸을 씻을 수 있고, 음식을 먹을 수 있으며, 혼자서도 화장실에 다닐 수 있을 때까지는 몸에서 냄새나지 않도록 신경을 써야 한다.

어린아이는 울어도 예쁘고, 대소변을 가리지 못해도 귀엽건만 늙어서 어린애로 변하여 똑같은 행동을 할 때는 몹시 추醜하게 보인다.

누구나 젊었을 때 아무리 천하일색 양귀비라도 늙고 병들면 추한 몰골이 되고 만다.

인생살이 살다 보면 희로애락喜怒哀樂을 겪게 되고 나이들면 약해지면서 병이 들고 추하게 변할 수밖에 없다.

다만 추한 모습이 조금이라도 천천히 찾아오도록 하기 위해서는 건강관리에 관심을 기울여야 한다.

행복의 조건은 많은 내용이 포함되지만 그중에서 제1은 '건강' 이라고 칭하고 싶다.

건강관리의 비법 중에는 몸의 청결과 근면이 포함될 것이다.

늙어서도 젊은이들처럼 몸에서 향긋한 냄새를 발산하지는 못해도 악취가 나지 않도록 철저히 몸 관리를 한다면 건강을 오래 유지하는 데 도움이 되리라 믿는다.

(2005년도)

유모차를 밀고 다니는 할머니들

어느덧 60대에서 70대에 접어드는 가까운 길목에 접어들었다.

50대까지만 해도 젊은이 못지 않게 의욕이 넘치고 건강에도 자신이 있었건만 서서히 편안한 것이 좋아지고 여기저기 아프기도 하며 몸놀림이 유연하지 못해진다.

주변에 친구들 역시 너나 나나 모두 할머니가 되어서 무릎이 시큰거린다든지 귓속에서 윙윙거리거나 어깨가 쑤시고 결리고, 다리에 힘이 빠져서 걸음걸이가 힘든다거나 시력이 약해져서 돋보기 없이는 글씨를 볼 수 없다는 등 몇가지 병을 안고 산다.

나 역시 고혈압 약이 동반자가 되었고, 치과와 이비인후과 출입을 자주 하게 되며, 한쪽 팔이 이따금 시큰거린다.

70세까지 학교에 나가서 강의를 하면서 사회활동을 할 계획이었는데 딸을 지원해 주기 위해서 모든 활동을 접고 말았다. 하나뿐인 딸을 친정어머니가 도와주지 않는다면 누가 도와줄 수 있겠는가!

딸아이가 결혼 후 3년만에 예쁘고 건강한 아이를 낳았다.

2개월이 되면서 갑자기 볼이 빨개지면서 '아토피' 증세가 나타나서 아기와 가족들이 함께 힘든 나날을 보내고 있다. 왜 이런 증세가 나타났는지 안타깝기만 하다.

건강하고 순한 아이를 돌보기도 힘든 일인데, 수시로 몸을 긁고 울고 잠을 못 이루며 보채는 아기를 돌보기란 더욱 힘든 일이다.

'아토피' 란 얼마나 고통스런 질병인가를 아마 체험해 보지 않은 분들은 모를 것이다.

환경의 영향이 큰 질병이라고도 하고, 유전적인 요소도 내포된 듯한데 가려움증이 심하여 긁지 않고는 못 견디며, 긁으면 상처가 생기고 빨갛게 부풀어 오르고 염증이 생기며, 피가 흘러도 긁기만 한다.

'아토피' 란 원인이 불분명한 고통스런 알레르기성 피부병으로 치유하는 데 시간이 걸린다니 꾸준히 참고 견디면서 치유될 때까지 노력하는 수밖에 별 도리가 없는 모양이다.

우리 어머니께서는 외손녀를 키우시면서 허리를 다치셨고, 그 후유증으로 말년에 꼬부랑 노인이 되셨다. 그 대가代價로는 임종시에 외손녀가 흘린 눈물로 보상 받으신 셈이다.

요즘 어머니 뒤를 이어 외손자를 키우면서 우리 사회의 문제점 중 하나인 '자녀양육문제' 의 심각성을 실감하고 있다.

육아문제는 저출산과 맞벌이 여성들의 취업문제와 맞물려 있어서 최근에는 국가차원에서 지원책이 마련되고 있는 중이다.

그런데 최근들어 여성들의 취업이 증가하면서 노후에 좀 안락한 삶을 살 수 있는 할머니들이 손주들의 육아책임을 떠맡아 힘에 겨운 중

노동으로 고통받고 있는 사례도 증가하게 된 것이다.

할머니들이 손주들의 육아부담으로 고통받는 데 대한 보상과 그들의 고통에 대한 책임은 누가 질 것인가?

손주를 업고 아파트단지 내를 돌아다니다 보면 유모차를 밀고 다니는 할머니들을 만나게 된다. 그들은 대부분이 외할머니란 사실에 또 한 번 놀라기도 한다.

며느리보다 딸을 더 사랑하기 때문일까?

친구인 S는 4세, 9세, 10세 된 손주들을 10년간 돌보면서 자신이 얻은 것은 병든 몸뿐이라고 했다.

심한 허리디스크로 보호대를 두 개씩 허리에 둘러야만 걸을 수 있고, 한쪽 귀가 잘 들리지 않아서 보청기를 끼워야 하고, 무릎관절로 약을 한 줌씩 먹고 있다는 것이다.

왜 할머니들이 손주 돌보기로 희생돼야 하는가!

그 분들에 대한 보상책은 왜 국가에서 생각하지 않는가!

복지국가라면 자녀양육문제는 국가와 사회에서 해결해 주고, 할머니들의 노후대책도 선처해 주어야 한다.

우리나라도 서구 선진국가와 같이 보육제도가 완비되어 육아문제로 인하여 힘들게 찾아 직장을 떠나야 하는 엄마들이 없어야 되고, 할머니들이 손주 돌보는 일로 인하여 건강을 잃는 병폐가 없도록 조속히 '선진국형 육아정책' 이 실시되는 날이 오기를 기다려 본다.

(2006년도)

바보 할머니

요즘 하루하루 커가는 두 손자를 보면서 새삼스럽게 내가 살아온 길을 뒤돌아 보게 된다.

어린시절에 농촌에서 가난 속에서 힘들게 살다가 8.15 해방을 맞이한 후에 초등학교에 입학했고, 5학년 때는 6.25 한국전쟁의 풍랑을 겪기도 했다.

뒤늦게 서울에 올라와서 어렵게 만학을 했다.

정부대여 장학금으로 대학에 다니면서 이태영 변호사님처럼 변호사가 되어서 어려운 사람들을 도와주고 싶었고, 김활란 박사님처럼 독신주의자로 살고 싶었다.

그러나 꿈은 이루어지지 못했고 늦게야 마음을 바꾸어서 만혼晩婚(35세)을 하게 된 것이다.

간신히 딸 하나를 낳았고 딸은 결혼해서 외손자 둘을 안겨 주었다.

딸이 공직생활을 하므로 10년 전부터 사회활동을 중단하고 손자들을 돌봐주는 할머니 역할을 하고 있다.

귀엽게 커가는 손자들의 모습을 보면서 만약 결혼하지 않았다면 이런 흐뭇함을 맛볼 수 있었을까 하면서 미소를 짓기도 한다.

큰 손자(최민건)는 어릴 때 아토피로 고생을 많이 하면서 자랐다.

특히 밤이면 더 긁고 울기 때문에 이웃에 사는 아파트 주민들에게 미안해서 밤중에 업고 나와서 돌아다녔고 잠이 들면 들어오곤 했다.

그런데 주민들이 아침에 만나면, "밤마다 어린 애가 많이 울던데, 언제 좋아지니?" 하면서 불평은커녕 도리어 아이의 머리를 쓰다듬어 주면서 걱정들을 해 주어서 감동을 받기도 했다.

민건이는 4~5세가 되면서 몸 상태가 좋아졌고, 그때서야 민준이가 태어났다. 다행히도 민준이는 아토피 증세가 없더니 3세가 지나서 약간 나타났으나 심하지 않아서 잘 지낸다.

민준이가 네 살이 되면서 민건이에게 시켰던 것처럼 한글을 가르치려고 '가나다라…' 글자판을 벽에 붙여 놓고, 한 번 읽어 주고 며칠 후에 또 가르쳐 주려고 했더니 "다 알아" 하는 게 아닌가!

그래서 한글 기초과정책을 사다 보여주면서 "이 책으로 한글공부 하자" 했더니, 책장을 넘겨 본 후 "나, 혼자 할게요" 하면서 책을 자기 방으로 가지고 갔다.

얼마 후에 "너, 한글공부 해 봤어?" 하고 물었더니, "다 했어, 다 알아" 하는 것이 아닌가!

"너 혼자 다 했어?"

"응."

할머니는 바보가 된 느낌이 들었다.

네 살 된 꼬마라고 손자의 능력을 무시하고 바보 같은 질문을 던진 할머니가 결국 바보 할머니가 된 셈이다.

그때부터 민준이는 형이 보았던 만화책과 동화책을 보기 시작하면서 독서에 취미를 갖게 되었다.

어느덧 7세가 된 민준이는 유치원과 태권도장에 다닌다. 태권도장 관장님은 민준이를 '우리 도장의 에이스' 라고 하면서 칭찬해 주신다.

딸이 직장에서 메시지를 보내왔다. '교회에서 성탄 축하 행사가 있는데 민준이가 성경 암송을 해야 하니 도와 주세요' 라고.

즉시 성경구절을 컴퓨터로 쳐서 복사해 주었더니, 방으로 가지고 들어갔다가 잠시 후에 나와서 다 외웠다는 것이다. 그리고 서슴없이 줄줄이 외웠다.

드디어 수요일 밤(2015년 12월 23일) '교회학교 성탄 발표회' 에 나가서 낭송을 하게 되었는데, 혹시 실수라도 할까 봐 바보 할머니의 가슴은 두근두근거렸다.

민준이는 성도들 앞에서 당당하게 줄줄이 암송을 마치고서 "잠언 3장 1절에서 10절 말씀" 하고 마치자, 우레 같은 박수와 환호성이 터져 나왔다.

발표회가 끝나고 성전 입구에 세 분의 부목사님이 서 계셨는데 내 입에서는 나도 모르게 손자 자랑이 터져 나왔다.

"오늘 성경 암송한 애가 우리 손자예요" 하면서….

그러자 이병수 목사님께서 "어릴 때, 성경 암송 잘 하면 무엇이나 성공할 수 있어요"라고 말씀하셨고 바보 할머니의 어깨가 우쭐해졌다.

성경 암송을 잘 하려면 기억력과 집중력이 뛰어나지 않으면 할 수 없다. 아이들은 자라면서 유치원에 가고 초·중·고등학교를 마치면 그 때부터 시험이 줄줄이 이어진다. 대학시험, 취업문제로 인한 자격 시험 등등 몇 단계의 관문을 통과해야 한다.

며칠 전에는 갑자기 민준이가 "할머니, 고마워요. 엄마를 낳아 주어서 엄마 때문에 우리가 태어날 수 있었으니까" 라고 말하는 것이었다.

어린 것이 그런 생각을 한다는 것이 기특했다.

자! 노총각 노처녀들을 향해서 개그맨처럼 한 번 외쳐 보고 싶어진다. "결혼해요. 결혼해" 라고.

결혼해서 부모가 되어 보고, 바보 할머니도 되어 보고, 자녀의 소중함을 느껴 보면서 인간의 본능을 체험해 보는 것도 해볼 만한 일이 아닌가?

두 손자가 건강하고 씩씩하게 잘 자라서 사회에 나가서도 주님의 자녀답게 빛과 소금의 역할을 잘 해낼 수 있기를 간절히 기도드린다.

(2016년도)

노老 잉꼬부부

남의 말을 엿들으려고 한 것은 아니었는데 뒷산에서 산책길을 걷다가 앞에 가는 젊은 할머니들의 대화를 듣게 되었다.

"그 친구 말이야. 남편이 정년퇴직하고 집에 있어서 하루 세 끼 밥상 차려서 대령하느라고 진저리가 난대."

"아유, 밥상 차리는 정도면 다행이지. 우리 집 양반은 사사건건 잔소리까지 하니 미칠 지경이야. 머리가 아파서 나오지 않을 수가 없다니까."

"넌, 잉꼬부부인 줄 알았는데……."

아파트단지 내에서 항상 손을 잡고 다니는 70대 노부부가 있다.

보는 이들마다 노老 잉꼬부부 같아서 보기 좋다고 한다.

어떤 분이 그 할머니에게 "할머니는 참 행복하시겠어요. 할아버지께서 항상 손을 잡고 다니시니……."

그 말에 할머니는 "내가 어지러워서 혼자 못 다니는데 어쩌겠어? 밖에 나올 때나 손을 잡아주지. 집안에서는 영감은 혼자 신문이나 보고, 자기 할 일이나 하지 내 일을 도와주거나 하는 줄 아세요? 힘들어도 집안일은 내가 혼자 다하지."

내색은 않고 살지만 할머니들의 불평불만이 얼마나 쌓였는지 할아버지들은 모르시는 눈치다.

옛 직장동료는 혼자 사시던 시아버지가 함께 살면 어떻겠느냐는 의사를 밝혔을 때 퍽 부담감을 느꼈는데, 막상 함께 살면서 도움을 많이 받게 되면서 정이 듬뿍 들어서 떠나시는 날 눈물을 많이 흘렸다고 한다.

그 어르신께서는 아침식사 준비는 며느리에게 맡기고, 저녁준비는 출근하는 아들과 며느리에게 "뭘 먹고 싶니? 주문만 해라" 하시고 깔끔하게 저녁상을 차려 놓으셨다니 그런 시아버지를 어느 며느리가 싫다고 하겠는가!

친구 아버지는 부인과 사별 후 딸집으로 아들집으로 번갈아 다니시더니, 사위눈치가 보인 때문인지 며느리가 싫어서였는지 혼자 계신다기에 들렀더니 집안에 먼지와 쓰레기가 쌓여 있었다.

이부자리는 펴놓은 상태로 앉았다가 누웠다가 하시고, 부엌에서는 음식물 찌꺼기를 제대로 처리하지 않아서 악취가 나고……

젊은 시절에는 아내의 도움과 딸들의 시중을 받으면서 밖에 일만 하다가 뒤늦게 혼자가 되어서, 몸은 늙고 병들고, 익숙치 않은 살림을 해낼 수 없음은 당연지사라 본다.

가정은 두 사람이 살거나 열 사람이 살거나 작은 사회가 아닌가.

서로 돕고 양보도 하고 이해하고 칭찬도 해 주면서 이끌어 나갈 때,

그 가정이 안정되고 화목하며 평화로울 것이다.

 남편이라고 아버지라고 해서 자기 주장만 내세우거나 독재와 전횡을 일삼는다면, 다른 가족들은 불행해지고 불평불만이 쌓일 것이다.

 과거에는 여성들이 집안에서 애 낳아 기르고 살림살이만 하는 것을 숙명처럼 여기고 살면서 온갖 구박과 학대에도 참고 견디었지만, 요즘은 그런 사고를 갖고 사는 여성은 별로 없다고 해도 과언이 아닐 것이다.

 이제 70대 80대 여성들도 의식의 변화가 빨라서, 젊어서 참고 살았던 것까지도 후회하고 있다. 그런데 남편들은 아직도 과거 자신의 아버지, 어머니 시절을 들먹이면서 남녀가 유별(有別)하니 역할도 달라야 한다면서 남편을 하늘처럼 모셔야 한다고 주장한다면 그 말에 고분고분할 아내가 몇 %나 될까?

 가정을 평화롭게 하고, 아내에게 존경받고 사랑 받을 수 있는 방법은 간단하다. 가사 일을 함께 하면서 서로 인격을 존중해 주는 것이다.

 누가 먼저 언제 떠날지 모르면서 살고 있는 불확실한 상황에서, 혼자 있을 때라도 무엇이나 척척 해낼 수 있도록, 밥 짓기, 김치 담기, 음식 만드는 일등에 동참해야 한다.

 그래야 혹시라도 아내가 갑자기 쓰러지는 사태가 발생하더라도 라면이나 빵을 사다 먹는 신세를 면할 수 있을 것이다.

 요즘 젊은이들은 좋은 남편, 좋은 아빠가 되려고 자기가 할 수 있는 일을 찾아서 하는데, 노년층에서는 젊은 시절에 훈련이 안 되어서 병든 아내가 신음하면서도 일하는 것을 당연시한다면 이는 너무 비인간적인 처사가 아닌가!

지금이라도 늦지 않았으니 할머니가 먼저 떠난 후에 땅을 치면서 후회하지 말고 자신의 건강을 위해서라도 당장 가사 일에 팔을 걷어붙이고 동참한다면 건강도 좋아지고 가정의 행복지수도 증가할 것이며 노老 잉꼬부부가 될 수밖에 없을 것이다.

나이를 잊고 사는 사람들

나의 지나온 길을 되돌아보면 나는 항상 희망과 도전정신으로 살아온 것 같다. 가난 속에서 소나무 껍질과 쌀겨를 버무려 만든 주먹떡을 먹으면서 살아야 했던 시절, 6.25를 겪으면서 간신히 초등학교를 졸업하면서도 내 책상 앞에는 '불가능이란 없다', '두드려라 그러면 열리리라' 라는 표어를 붙여 놓고 살았었다.

상급학교에 진학하고 싶어서 애간장을 태웠지만 경제적인 어려움 때문에 어쩔 수 없이 포기할 수밖에 없었다. 20세가 되어서야 진학의 꿈이 이루어져서 20대 중반에 대학문을 열고 들어가게 되었다. 40대가 되어서는 또 다시 대학원문을 열고 들어갔다.

60대 중반까지 사회활동을 했고, 60대 후반부터 손자 돌봐주는 할머니 역할을 하고 있다. 그러다가 또 다시 70대가 되어서 피아노 교육을 받고 있고, 중국어 공부도 하고 있다. 내 인생은 뭔가 도전하면서 살아야만이 힘이 생기는 삶인 듯하다.

그런데 주변을 둘러보니 나보다 더 열심히 뛰어다니면서 살고 있는 옛 동료들을 보면서 놀라지 않을 수가 없다.

내가 근무했던 한국여성개발원(現 여성정책연구원)에는 전국에서 뛰어난 인재들이 많이 모여 있었다. 벌써 30년이 지나는 동안 퇴직자도 많다. 그들은 퇴직 후에도 쉬지 않고 대부분 뭔가 일을 하고 있다. 대학으로 가서 강의하는 사람이 가장 많고, 개인 연구소를 차리기도 하고, 정치계로 들어가기도 했다. 그리고 본인이 하고 싶었던 취미활동을 바쁘게 하고 있는 동료들을 보면서 그 모습이 너무 아름다워서 박수를 쳐주고 싶었다.

대표적인 사례로는 당시 이청자 실장은 원래 음악감상과 그림그리기를 좋아했는데, 결국 연극동호회에 들어가서 단장직을 맡아 하면서 연극공연을 하고 있다.

그녀는 동료 후배인 백영주 연구원을 참여시켜서 함께 연극공연 발표회를 몇 차례나 했다. 그때마다 우리 퇴직자들이 공연장에 찾아가서 뜨거운 박수갈채를 보내주었다.

이상원 연구원은 재직중에 박사학위까지 받는 열정을 보이더니 퇴직 후에 대학강의도 나가고, 요양보호사 교육도 지도하면서 독거노인들과 장애인들을 위하여 자원봉사활동도 했다.

요즘은 복지관에 나가서 그림공부를 하면서 세 아들에게 보여주려고 자서전을 썼는데, 그 책이 2014년 문공부에서 최우수도서로 선정되어서 전국도서관에 배포되었다.

조숙자 연구원은 원래 사진촬영을 좋아했는데 퇴직 후에는 하모니카 연주를 배우러 다니더니, '오카리나'도 배워서 팀원들과 함께 발표회도 가졌다.

문정혜 연구원은 일산에 있는 실버타임즈에서 실시한 기자 공모에 응시하여 치열한 경쟁률을 뚫고 합격하여 칠십이 넘은 나이에도 불구하고 동분서주하면서 기자로서 맹활약을 하고 있다.

우리 차동명 오빠도 80이란 나이인데도 복지관에 가서 컴퓨터 교육과 사진촬영 교육을 받아서 그 분야에 전문가가 되었다. 그래서 동호회원들과 사진전시회도 열었다.

이렇게 나이를 잊고 활발하게 활동하는 모습을 보니 참 장하기도 하고 아름답게 보인다. 인간은 살아 있는 동안에는 무슨 일이든지 활동할 수 있으면 일을 해야 한다.

－자신의 성장과 건강을 위해서
－사회 봉사를 위해서
－자신의 취미 생활로 무엇이든지 활동한다는 것은 보람된 생활이라고 본다.

나 역시 계속 피아노를 배우다 보면, 내가 목표하고 있는 시골 교회에 가서 찬송가 반주를 해 보는 날이 있을 것이고, 중국어 공부도 계속하게 되면 가이드 도움 없이도 자유롭게 중국을 왕래할 수 있게 될 것이 아닌가.

우리 모두 나이를 의식하지 말고 사는 날까지 활발하게 활동하면서 건강관리를 잘 한다면 자신을 위해서도 좋고 주위 사람에게도 희망을 불어 넣어주는 좋은 본보기가 되지 않겠는가 생각해 본다.

3부

오빠 추억 한 자락

　오늘은 노모님의 88세 맞이하는 생신날이다.

　88세는 '미수' 라고 하여 장수를 상징하는데 미자를 풀어 쓰면 '팔십팔' 자가 되는 데서 붙여진 의미라고도 한다.

　그래서인지 그날은 자손들이 모여서 큰 잔치를 치르기도 하는데 우리는 평소처럼 함께 보내면서 지난날의 얘기를 나누었다.

　어머니는 우리 남매를 낳은 후, 저 먼 이국 땅 만주에서 남편을 잃고 귀국한 후 유일한 재산 목록이었던 손재봉틀로 삯바느질을 하면서 세 식구의 생계를 이어 가셨다.

　어렵게 살면서도 남매를 초등학교에 보냈는데 상급학교에는 진학시킬 능력이 없었다. 그런 형편에서 엎친 데 덮치기라도 한 듯 오빠가 겨우 초등학교를 졸업할 무렵 유일한 생계수단인 재봉틀을 도둑의 손에 빼앗기고 말았던 것이다. 그후 어머니는 동네에서 재봉틀이 있는 집에 가서 삯바느질을 해서 그 품값을 반씩 나누어 간신히 죽이라도 연명하게 되었다.

　오빠는 2십리가 넘는 곳에 있는 변산에 가서 삭정이나무를 주워 모아서 다발로 묶어 지게에 지고 부안읍으로 나가서 시장가에 받쳐 놓고 있다가 운이 좋은 날에는 그 나무를 팔아서 쌀이나 보리라도 한 됫박 사가지고 올 수 있었다.

그러나 불행하게도 그 나무가 팔리지 않는 날에는 다시 나무를 지고 뱃속에서는 꼬르륵 소리가 나오고 몸은 지친 상태로 터벅터벅 집으로 돌아올 때면 얼마나 지치고 서글펐을까!

그럴 즈음에 1950년 6.25가 발발했고 9.28 수복 후에 서울에 살고 계시던 숙부로부터 편지 한 통이 날아들었다.

'공부 시켜줄 테니 즉시 서울로 오라' 는 그야말로 하늘에서 내려온 하나님의 음성인 양 기쁨과 희망을 가득 안겨 준 소중한 편지 한 통이었다.

오빠는 초등학교를 졸업한 17세의 시골 소년이었지만 나무지게를 지고 나무 장사를 하거나 낫과 괭이, 삽을 들고 들로 산으로 다니면서 땅을 파거나 풀을 베면서 열심히 일하던 성실한 농부였다. 오빠는 힘든 시골생활에 지치고 싫증도 느꼈을 것이다.

산골 소년이 전라도 땅을 벗어나서 넓은 세상, 희망과 환희를 안겨줄 서울로 공부하러 떠날 때, 오빠의 얼굴은 함박웃음과 함께 희망의 햇살처럼 이글이글 불타오르고 있었다. 47년 전에 오빠가 서울로 갔을 때 오빠의 유일한 희망은 오직 상급학교에 진학하는 것이었다. 그런데 서울생활 시작부터 부딪치게 된 첫 걸림돌은 전라도 사투리였다는 것이다.

그 당시 서울로 몰려든 각지의 사람들이 많았건만 유난히도 전라도 사투리를 사용하는 사람에 대한 차별대우가 극심했던 때이다.

공장의 공원이나 가정집의 가정부나 가게의 점원도 전라도 사투리를 사용하면 채용을 기피하였고, 뒤통수에 대고 손가락질을 하거나 입을 삐죽거리면서 불쾌한 표정을 짓던 분위기였다.

숙부님은 전라도 출신이면서도 일찍부터 서울생활을 한 때문인지 사투리 사용을 별로 안 하셨고, 숙모님은 서울 태생으로 명문여고를 나온 좋은 가문 출신이라고 소문으로 들었다.

오빠는 처음 일과가 숙부님의 설계사무실에서 뒷바라지하는 일이므로 심부름을 많이 다니는 업무였던 것이다. 그러므로 전라도 액센트가 있는 사투리를 사용하면 사업상 좋은 인상을 줄 수 없다고 판단했기 때문인지 숙모님으로부터 사투리 사용에 대한 질타가 극심했다는 것이다.

사투리 때문에 숙모로부터 받았던 수모와 스트레스가 고향에서 보낸 어린시절의 추억까지도 모두 잊게 한 것 같다고 했다.

혼자 있는 밤이면 울기도 많이 했고 당장 훌훌 털어버리고 고향으로 달려가서 나무지게를 다시 지고 싶은 충동이 고개를 내밀기도 했지만 야간학교라도 보내주니 이를 악물고 참고 견뎌냈다는 것이다.

옛말에 '초년 고생은 사서도 한다'고 했지만 지금 지나온 길을 돌아켜 보면 농촌에서 그대로 살았어도 별로 억울한 삶은 아니었을 것 같다고 오빠는 희미한 미소를 띄면서 추억의 한 자락을 더듬어 올렸다.

   그렇게도 오빠에게 전라도 사투리 사용을 금기시키고 무섭게 호령하면서 여왕처럼 근엄하고 당당하셨던 숙모님이 최근에 극심한 치매 증세 때문에 요양원에서 거의 감금생활로 80대의 노후를 쓸쓸하게 보내신다고 하니 인생의 무상함을 느끼게 한다.

(2000년도)

손주의 전속 사진기사

누군가 '손주들이 오면 반갑고 가면 더 반갑다'고 했다던가? 늦은 결혼으로 하나뿐인 딸이 첫아이를 낳아서 뒤늦게 할머니가 되었다.

며칠간 아이들 돌보느라 몸살을 앓기도 했으나 아기를 들여다보면, 웃는 모습 잠자는 모습 우는 얼굴까지도 귀엽고 사랑스럽다.

출산 직전에 딸애가 몸부림치면서 심한 진통을 겪고 있을 때 제왕절개 수술을 해야 하나 조바심을 느끼며 안절부절하는데 산실에서 힘찬 아기의 첫 울음소리가 울려 나왔다.

그 소리는 마치 개선장군의 승리의 행진곡처럼 들렸다.

진통은 엄마가 되려면 누구나 겪어야 하는 고통이지만 오죽 견디기 어려우면 수술을 해 달라고 하겠는가!

배꼽에 연결된 태胎를 자르고 목욕을 시킨 후 바로 엄마 옆에 누이니, 아기는 두 눈을 크게 뜨고 마치 사색에 잠긴 듯 조용히 누워 있었다. 거의 한 시간이 넘도록 잠도 자지 않고 눈을 드고 있으니 딸애는 걱정이 되는지 간호사실에 가서 왜 아기가 눈도 감지 않고 잠을 안 자는지 물어 보란다.

위층에 있는 간호사실에 뛰어 올라가서

"왜 아기가 눈을 뜨고 잠도 안 자는데요…?"

"하하하하", "깔깔깔깔…."

간호사들은 폭소를 터트렸다.

그때 한 아주머니가 쫓아와서

"왜 우리 아기는 눈도 안 뜨고 3시간이 지났는데도 잠만 자고 있지요?"

"호호호…."

간호사들은 즐겁다는 듯이 웃기만 하더니,

"아기들은 놀기도 하고 잠도 자고 그러니까 걱정하지 마세요."

두 할머니는 팔불출이 되고 말았다.

어느덧 6개월이 되어 가는 우리 민서!

열심히 팔다리운동도 하고 엎드려 기어 보려고 안간힘을 쓰기도 하며 앉기도 한다. 하루하루가 다르게 커 가는 민서를 바라보노라면 시간이 쏜살같이 휙휙 지나가서 금방 점심시간이 되고 저녁이 온다.

아토피성 피부염 때문에 밤잠을 설치기도 하지만 아침이면 방긋방긋 웃는 모습을 볼 때면 엄마 아빠는 피곤함을 잊게 된다.

사진찍기를 즐기는 외할머니인 나는 외손자의 전속 사진기사가 되었다. 태어나자마자 그 병원에서는 모유를 권장하므로 엄마 젖을 빨게 해 줬다.

어떻게 젖을 빠는 것을 아는지 쪽쪽 소리가 나게 힘 있게 젖 먹는 모습부터 잠자는 모습, 목욕시키는 장면, 엄마 아빠가 행복한 미소를 띄고 아기를 들여다보는 순간을 놓칠세라 모두 필름에 담았다.

백일百日이 되면서 목도 가누고 가족을 알아보는지 낯선 사람을 보면 울기도 하고 몸을 부르르 떨면서 겁을 내곤 한다.

5개월이 지나니 엄마 젖을 꼭꼭 물어서 딸애가 아프다고 울상을 짓더니 아랫니가 한 개 나왔다.

요즘은 아는 이를 만나게 되면 외손자 잘 크느냐는 질문을 많이 받는데 그때마다 민서 사진을 보여주는 것이 나의 버릇이 되고 말았다.

"아유, 눈이 크고 참 예쁘네요"하면, 즉시 나는 팔불출 할머니가 되어버린다.

오늘도 아는 분을 만나자 "아기, 잘 커요?" 하자마자 사진을 보여줬더니 과거에 자기도 외손자 자랑하고 나서 후회한 적이 있노라고 얘기했다.

내용인즉 '아들은 못 낳고 딸만 낳았는데 큰딸이 첫아들을 낳았다고 전화로 알려주자 어쩌나 기쁘던지 이웃집으로 달려가서 "우리 딸이 아들 낳았대요" 하고 큰소리로 자랑하고 집에 와서 생각해 보니, 늦은 밤에 이웃 아저씨에게 그 시간에 꼭 알려줘야만 했던가? 곰곰이 생각할수록 너무나 부끄럽고 계면쩍어서 낯이 뜨거워졌다고 했다.

'아들이면 어떻고 딸이면 어떠냐. 건강하면 최고지.'

말들은 그렇게 하면서도 아직도 우리 한국사회에서는 아들 선호사상選好思想이 깊숙이 뿌리 박혀 있다.

우리 사위도 직장에서 두 번째 딸을 낳은 동료가 매우 섭섭하다고 하기에 위로 삼아서 "난, 딸 낳고 싶었는데 아들이야" 하니까 "누구 약을 올리고 싶어서 그래?" 하면서 화를 벌컥 내더란 것이다.

나 역시 학교에서 학생들 앞에 서서 양성평등兩性平等을 외치면서 목소리를 높이건만 민서를 안고 있으면 가슴이 뿌듯함을 느낀다.

"민서야, 건강하게 잘 자라서 가정에서나 사회에서나 국가를 위해서도 빛과 소금의 역할을 다해다오!"

(2005년도)

인기스타 찬영이

찬영이는 우리 교회에 유일한 아기 성도이다.

농촌에서 아기들의 울음소리가 사라진 후 오랜만에 교회에서 아기와 함께 예배를 드리고 있다.

찬영이는 맞벌이하는 신혼부부의 첫 아들이므로 할머니가 엄마역할을 하시는데 갓난아기 때부터 잘 울지 않고 순해서 힘들게 하지 않는다고 은근히 칭찬과 자랑을 하신다.

이제 겨우 7개월 정도 자란 아기지만 주위 상황을 잘 알고 있다는 듯이 행동을 한다는 것이다.

밤과 낮도 구별하는지 낮에는 할머니 품에 안겨서 우유를 먹고 잠이 드는데 밤이 되면 편안하게 눕혀주어야 우유를 먹다가 스르르 잠이 들곤 한다는 할머니의 설명을 듣고 교인들은 신기하다면서 벌어진 입을 다물지 못한다.

얼마 전까지도 인구 억제책으로 실시했던 가족계획이 매우 성공적이라던 우리나라가 어느 사이에 출산율이 너무 떨어져서 앞으로 국가 노동력 부족을 우려하는 애국자들의 걱정하는 소리가 커지고 있다.

특히 우리 농촌에서는 살기 싫다고 도시로 떠나가는 젊은이들로 인하여 농촌은 노인 전용촌이 되고 말았다.

농촌에서도 본인의 노력여하에 따라서 생활수준이 향상될 수 있건만 너도나도 모두 도시로 떠나가는 것이 유행병처럼 번지고 있다.

그들은 경제적인 문제보다 자녀들의 교육문제가 더 크게 작용하는 듯하다. 부안에서 초등학교나 중학교를 졸업하면 부랴부랴 서둘러서 전주로 서울로 떠나간다.

약 5년만에 K를 만났다.

남편의 직장은 부안에 있지만 아이들의 교육 관계로 전주로 이사를 할 수밖에 없었다고 한다. 특히 공부 좀 한다는 친구들이 전주로 떠나는 걸 보면서 아이들이 '나도 보내달라'고 졸라서 아니 갈 수 없었노라고 했다.

그런데 초등학교 때 전주로 전학을 간 후 그곳 아이들로부터 따돌림을 당하여 졸업할 때까지 힘들었다는 것이다.

중학교에 입학한 후에서야 그런 고통을 벗어나게 되었다면서… 그래도 줄줄이 전주로 서울로 기회만 있으면 떠나려 하는 젊은이들!

낮에는 부안에서 돈을 벌고 저녁이 되면 전주로 떠나가는 긴 행렬!

찬영이는 교회에 나오시는 할머니들로부터 사랑과 귀여움을 독차지하고 있다. 예배시간이 끝나면 서로 안아보려고 삥둘러 서 있다.

할머니들의 손을 옮겨다니면서 찬영이가 벙글벙글 웃을 때마다 모두 함께 깔깔깔깔….

아기 성도인 찬영이는 우리 교회의 인기스타다.

멀리 사는 손자, 손녀가 그리운 할머니들께서 찬영이를 보면서 위안을 느끼시고, 그래서 더욱 정감을 가지실지도 모른다.

찬영이는 엄마가 안고서 예배를 드릴 때면 제법 큰 아이처럼 얌전히 앉아서 손장난을 하면서 놀다가도 찬송가를 부를 때는 벌떡 일어서서 엄마 손에 의지한 채 두 다리를 굴리면서 깡충깡충 뛰듯이 힘차게 몸을 움직이면서 즐거워한다.

찬송가의 리듬을 타고 박자에 맞추어 출렁대면서 신나게 댄스라도 하는 것처럼 몸동작을 한다.

재롱둥이 찬영이의 모습을 보려고 예배드리는 시간인데도 성도들은 뒤돌아보기도 하고 옆으로 고개를 돌리기도 하면서 미소띤 얼굴로 재롱부리는 모습에 너나없이 흐뭇하신 표정들이시다.

우리 교인들에게 기쁨을 안겨주고 있는 찬영이가 자라서 초등학교와 중학교를 졸업하면 전주나 서울로 훌쩍 떠나지 않을까 하는 헛된 나의 공상이 현실로 나타나지 않기를 바랄 뿐이다.

(2004년도)

딸을 좋아하는 이유

직장동료 중에 아들 셋 낳은 어머니와 딸 셋 낳은 어머니가 있었다. 무슨 기념일이나 명절 때면 딸 셋인 엄마는 선물을 받곤 하는데 아들 셋 있는 엄마는 아무 말이 없었다.

딸 셋 낳은 집 아버지는 세 번째 아이를 임신했을 때 함께 살고 계시는 부모님이 꼭 아들 낳기를 학수고대鶴首苦待하시니, 또 딸일 경우 마음에 상처라도 받을까 봐 부모님 앞에서 "저희는 이번에도 딸 낳을 예정이라 아이 이름을 '예정'이라 지었습니다"라고 선언해 버렸다고 한다.

그때 낳은 셋째가 30세가 넘었으니 70년대 이야기다.

유난히 아들 선호사상이 강했던 우리 조상들은 1960년대부터 딸들이 소매를 걷어붙이고 산업현장에 뛰어들어 경제활동을 하면서 서서히 딸들의 힘이 강해진 것이 아닌가 생각된다.

70년대에 딸 하나밖에 못 낳은 나를 보고 주위에서 퍽 동정어린 시선으로 바라봤을 것이다. 그 딸이 자라서 첫아들을 낳고, 둘째는 딸을 낳고 싶어했으나 또 아들을 낳았다. 부모 마음은 아들도 키워보고 딸도 키워보고 싶은 것이 인지상정人之常情이라 본다.

그러나 단 둘이 자라게 될 경우에는 서로 동성同姓인 형제나 자매가 친구처럼 자랄 수 있어서 더 좋을 것 같다.

자녀양육 문제나 교육비 부담 문제가 없다면 아들 두 명, 딸도 두 명 정도 낳아 키운다면, 집안이 항상 와자지껄해서 사람 사는 맛이 날 텐데 육아문제, 교육문제 등으로 한 명으로 만족해야 하는 상황이니 두 명도 큰 용기가 필요하다.

80년대, 90년대까지도 남아선호사상이 잔존하고 있어서 아들을 낳기 위해서 딸을 낳으면 아들 낳을 때까지 계속 낳다가 딸 부잣집이 되기도 하고, 아들은 열이라도 좋다고 하지 않았던가?

그런데 21세기가 되면서 확실히 달라져서 아들은 하나만 있어도 좋으니 딸이 꼭 필요하다는 할머니들의 주장을 들으면서 놀라움을 금치 못한다.

60년대, 70년대에 경제적인 어려움을 겪을 때 딸들이 앞장서서 산업현장에 뛰어들어 밤늦게까지 연장근무를 하면서 번 돈으로 오빠와 남동생들을 공부시켰고, 농촌을 잘 살게 하는 데 밑거름이 되기도 했다.

대부분의 우리 어머니들이나 우리 세대까지도 어린시절에 딸이라고 초등학교조차 다닐 기회를 박탈당했기 때문에 배움에 대한 한이 맺혔다가 자신의 딸에게는 적극적으로 공부할 수 있도록 밀어주면서 위로가 된 사례를 많이 본다.

어머니 덕분에 공부할 수 있었던 딸들이 사회 각 분야에서 활동하게 되었고, 그 딸들이 어머니에게 각별하게 신경을 쓰는 것은 보상심리에서일까?

딸이 사는 아파트의 경비 아저씨가 우리 큰 손자에게

"너 동생 생겼다면서 여자동생이니?" 하고 물으니

"아니오. 남자요."

"그래, 여자애였으면 더 좋았을 텐데…"

하면서 퍽 아쉬워하는 표정을 지었다.

그래서 "왜 여자애가 좋다고 하세요?" 하고 물어보니 그 분 대답이

"여자애가 키우기 좋지요. 귀엽고 싹싹하고, 애교스럽고…."

그러면서 요즘은 아들이 나오면 다시 들어가 딸로 변해서 나오라고 한다는 것이다.

위층에 사는 할머니를 만났다.

만나자마자 "손주를 또 보셨다면서?" 하더니 아들이냐 딸이냐고 묻기에 아들이라고 하니

"딸이 더 좋은데……" 하면서 그 분 역시 안 됐다는 표정이었다.

그래서 정색을 하고 물어 보았다.

"저는 아들이 없어서 딸과 아들 비교가 안 되는데, 왜 딸을 좋아하시지요?" 했더니

"아들은 장가 가면 헛방이야. 며느리 좋은 일만 시켜요."

세태가 이 정도로 변했으니 딸이 인기가 있는 모양이다.

　요즘 유행하는 말을 들어보면 잘난 아들은 공부 많이 시켜 놓으면 외국으로 가 버리고, 출세한 아들은 장모 좋은 일 시켜 주고, 못난 아들만 집에 남아서 백수 노릇하니, 평생 뒷바라지만 해 주어야 한단다.

　그래서 딸을 더 좋아하는 걸까?

　갈수록 출산율이 낮아지고 있다고 걱정들을 하는데 아들이나 딸이나 낳아서 키우고 교육시키는 문제 때문에 자녀출산을 기피하는 것이니, 국가에서 좀더 적극적인 지원정책을 강화한다면 출산율을 상승시키는 문제는 시간문제라고 생각한다.

(2009년도)

꾀꼬리 권사님의 외증손자가 동상銅賞

어머님! 외증손자인 민준(6세)이가 교회학교 영·유아·유치부 서울 서북노회 종합 발표회에서 독창부분에 참가하여 동상을 받아 매우 즐거워하는 모습을 보니 노래를 즐겨 부르시던 어머님 생각이 문득 떠오릅니다. 합창부에서도 동상을 받았는데 메달은 금메달처럼 보여서 두 개의 메달을 목에 걸고 흐뭇해 하는 모습이 아주 귀엽습니다.

어머님(박동이 권사)은 1988년도에 미성아파트에 입주하면서부터 은광교회에 다니시다가 1994년 봄에 부안으로 내려가실 때까지 은광교회의 노인대학 수료 기념사진이 3장이나 있습니다.

노인대학에서 어버이날 야외에 나갔을 때, 노래자랑 시간에 노래를 불렀는데 그 때부터 '꾀꼬리 권사님' 이라는 애칭이 생겼다고 하셨지요. 어머님은 찬송가 부르자고 하면, '복의 근원' 이 튀어 나왔지요.

어머님은 삯바느질을 하시면서 우리 남매를 키우실 때도 항상 콧노래를 즐겨 부르시면서 일을 하셨고, 라디오 방송도 즐겨 들으시면서, 일기예보를 듣고, 우리가 출근할 때마다 알려 주시는 자상하신 어르신이셨습니다.

111

1970년도 초에 MBC 라디오 방송국에서 '가족노래자랑' 시간이 있었는데, '꼭 출연해 보고 싶다'고 하셔서 옆집에 사는 아가씨들까지 동원해서 네 명이 출연하여 장려상을 받아온 것 같습니다.

어머님의 형제자매는 6남매였는데 모두 노래를 잘 부르셨다지요.

어머님 바로 아래 동생이신 이모님은 가수 뺨치게 노래를 잘 불렀다고 했고, 막내 이모님(현재 90세)은 경로잔치에서 노래를 불러서 최우수상을 받았고, 외삼촌도 어느 환갑 잔치에서 노래를 불렀는데 초대된 기생들이 노래에 반해서 서로 외삼촌 옆자리에 앉으려고 몸싸움을 했다는 에피소드가 있답니다.

외가의 혈통 때문인지 저도 어릴 때부터 노래 잘한다는 칭찬을 많이 들었는데 가장 추억에 남는 것은 한국여성개발원(현 여성정책연구원) 재직시 연말에 노래자랑 시간에 '살짜기 옵서예'를 불렀더니 그 때부터 '차카나리아'란 애칭이 붙었답니다.

어머님의 외증손자인 민준이가 독창으로 '동상'을 받은 것도 아마 외증조모님의 음악성에 대한 DNA 혈통 덕분이 아닐까요?

민준이에게,

"최민준! 앞으로는 기도하면서 노력하면 예수님께서 도와주실 테니까 꿈이 이룩될 수 있도록 즐거운 마음으로 하고 싶은 것을 해 봐라. 노래도 잘 불러서 다음에 금상도 받아 봐. 예쁘고 의젓하고 착한 우리 외손자 동상 받은 것 축하한다."

(2014년도)

백년지객百年之客

외동딸!

바로 보기도 아까운 딸, 27년간 애지중지 정성을 쏟아 키워서 이제 결혼을 앞두고 있다.

영원한 동반자가 될 사랑하는 사람을 찾아 새 가정을 이룰 준비를 하고 있는 중이다.

나이가 많거나 어리거나 결혼할 때까지는 엄마가 곁에 있으면서 도와주어야 하고 의논해야 할 사항들도 많이 있을 텐데, 엄마가 지방에 내려와 살게 되니 도움을 줄 수 없다.

친구나 선배들의 조언을 듣고 인터넷을 통해서 정보를 얻어 한 가지씩 혼수품 준비를 하는 모습이 어찌 보면 대견스럽기도 하지만 안쓰럽기도 하다.

자식은 60이 되어도 부모 마음에는 항상 어린아이 같아서 시시콜콜 잔소리도 하고 간섭을 하게 되는데 그것이 자녀들에게는 도리어 부담스럽고 스트레스로 작용할 수도 있을 것이다.

그러나 부모 마음에는 언제나 조심스럽고 불안하고 염려스러워서 사사건건 개입하려고 한다.

우리 딸애도 유난스런 아버지로 인하여 어릴 때부터 퍽 고달프게 살았을 것이다.

"여자애가 걸음걸이가 그게 뭐냐."

"반바지는 입지 마라."

"덜렁대지 말고 항상 차분해라."

"루즈 색깔이 왜 그렇게 새까마니? 아나운서들을 보아라." 등등.

아버지의 눈에는 아직도 딸아이가 여중생 정도로 보이는 모양이다.

대학을 졸업했고 직장을 갖고 있으니 부모의 도움을 받지 않아도 당당하게 새 생활을 설계하고 준비하는 데에 충분한 능력이 있다고 믿어야 하는데 왠지 마음이 놓이지 않는다.

금년 가을에 결혼식을 올리기로 하고 내년 초에 있을 승진시험 준비를 한다고 하니 아버지는 의견을 다르게 내세운다.

"결혼하고 무슨 공부냐. 승진시험 치르고 결혼하는 것이 좋을 텐데……."

이에 대해 딸아이는 "결혼하면 시험공부할 수 있도록 가사 일을 도와준다니까 괜찮아요" 하면서 기대에 부풀어 있다.

아직 주부 될 자격을 갖추지도 못했고, 딸을 시집 보내기 위해서 충분한 신부 교육도 시킬 수 없는 엄마의 입장이고 보니 사위 될 사람에게도 시어머니 될 분에게도 퍽 미안스런 마음뿐이다.

준비도 덜 된 부족한 딸을 시집 보내려면 사위에게 미리 친절을 베풀어서 정情이라도 듬뿍 쏟아 놓아야 딸아이에게 든든한 울타리가 되어서 힘이 덜 들지도 모른다.

장인, 장모가 될 우리 내외는 딸을 위해서 백년지객에게 서서히 포석전布石戰을 시작할 수밖에 없지 않은가.

미래의 장인은 백년지객이 될 장본인에게 도장을 세트로 3개씩이나 준비해서 선물로 주었다. 인감도장, 사무용 도장, 결제용 등.

'사위 사랑은 장모'란 옛말이 이해가 간다.

씨암탉도 아낌없이 사위를 위해서 바치는 것은 결국 딸에게 사랑을 듬뿍 베풀어 달라는 일종의 포석전이 아니겠는가. 예비 사위를 집에 초대하여 예비 장모의 솜씨를 발휘해 보라는 예비 장인의 부탁을 듣고 정성을 들여서 버섯을 사다가 전골을 만들었다.

이전以前에 몇 번 버섯전골을 끓였을 때에는 맛이 괜찮았는데 각별히 신경을 써서 끓인 전골 맛이 예전에 맛본 그 맛이 나오지 못했다. 쑥스러운 생각이 들기도 했다.

왜 실패했을까! 곰곰이 따져 보니 버섯을 너무 많이 집어넣어서 본래 국물맛이 사라져 버린 것이다.

맛이 어떠냐는 나의 질문에 "시원하고 맛이 있습니다"하고 듣기 좋게 대답했지만 아마 마음 속으로는 '예비 장모님 손맛이 별로네'하고 실망했을지도 모른다.

이 다음엔 무슨 음식으로 솜씨자랑을 좀 해볼 수 있을까?

씨암탉이라도 한 마리 키워서 삼계탕이라도 끓여 볼까?

이렇게 미래의 사윗감에게 신경을 쓰는 것은 딸을 위해서 선심 쓰는 아부阿附일까?

아무쪼록 두 사람이 서로 이해와 협조, 양보, 그리고 성실하게 열심히 새 인생을 개척해 가면서 행복하게 잘 살 수 있기를 간절히 기도드린다.

낙엽을 치우는 손주를 보면서

가을이 오면 농촌에서는 바닷물처럼 출렁이는 황금빛 들판을 보면서 결실의 계절인 가을을 만끽하게 된다. 그러나 요즘 불가피한 사정으로 서울에 머물게 되니 황금물결이 일렁거리는 농촌의 들녘을 바라볼 수 없어서 퍽 아쉽기만 하다.

아파트 생활을 하면서 주변에 있는 단풍나무 잎이나 축대에 매달려 있는 담쟁이덩굴이 빨갛게 물든 모습에서 가을이 왔음을 실감하게 되며, 노란 은행잎의 모습에서도 가을이 깊어가고 있음을 느낀다.

밤사이에 갑자기 비바람이 몰아치더니 빨간 단풍잎과 노란 은행잎이 모조리 떨어져서 앙상한 나뭇가지만 남아있고 나무 밑에는 예쁜 낙엽이 쌓여 있어서 그 모습도 한 폭의 수채화처럼 아름다워서 사라지기 전에 카메라에 담아 보았다.

왜냐하면 잠시 후면 거센 바람에 휘날려서 흩어져 버리거나 청소 빗자루에 쓸려서 어디론가 실려 가게 될 운명이니 말이다.

아파트 뒷산으로 네 살 된 손주와 함께 산책을 하는 도중에 길바닥에 쌓인 낙엽을 밟고 걸어가던 아이가 막대기 하나를 주워들더니 낙

117

엽을 긁어서 이리 저리 치우는 놀이를 하였다.

　잠시 노는 모습을 보다가 놀이를 그만하고 어서 가자고 했더니 아이의 대답이 걸작이었다.

　"사람들 미끄러지면 넘어지잖아."

　"사람들 미끄러질까 봐 낙엽을 치우는 거야?"

　"그래, 할머니는 그것도 몰라?"

　나는 폭소를 터뜨리면서 깔깔 웃었지만, 이제 겨우 40개월 되어 가는 어린 아이가 그런 생각을 한다는 것이 너무나 기특하고 귀엽고 사랑스러웠다. 네 살짜리 아가가 남을 배려할 줄 안다는 할머니의 과장된 착각일까?

　여하튼 그만하고 걷자는 할머니의 독촉을 뒷전으로 하고 열심히 막대기로 낙엽을 휘젓고 노는 꼬마의 모습을 보면서 한 편으로는 흐뭇해 하는 할머니….

　산길을 걷다 보면 길바닥에 버려진 과자봉지나 신문조각, 담배꽁초 등을 보면서

　"저런 것을 아무 데나 버리는 사람은 나쁜 사람이야."

　라고 했더니, 쓰레기를 볼 때마다

　"여기 또 나쁜 사람이 버리고 갔네."

　하면서 약간 화난 목소리로 말하거나 흥분하기도 한다. 그럴 때는 비록 어린 아이지만 제법 의협심도 있어 보인다.

　낙엽을 치우는 손주의 모습을 보면서 연말이면 여기저기서 자선냄

비를 걸어 놓고, 딸랑딸랑 사랑의 종을 흔들면서 불우이웃을 돕자고
외치는 '구세군 냄비' 생각이 떠올랐다.

　우리 아가도 건강하고 튼튼하게 잘 자라서 낙엽을 밟다가 미끄러질
까 봐 낙엽을 치운다는 그 자세로 자신보다 남을 더 배려할 줄 알고
겸손하고 의리 있고 당당하고 씩씩한 아이로 성장하기를 바란다.

　이번 연말 선거에서는 자신의 부귀영화富貴榮華만을 꿈꾸는 지도자
가 아닌, 우리 꼬마처럼 작은 일이라도 국민國民과 군민郡民을 위해서
몸을 아끼지 않고 헌신할 수 있는 믿음직한 지도자들이 탄생하기를
간절히 기원하는 바이다.

(2007년도)

희망사항

2010년 새해가 밝았다.

다사다난多事多難했던 2009년은 흘러가 버렸고, 희망의 해가 솟아올랐다.

지난해는 가슴 아프고 충격적인 일이 많은 한 해였다.

가장 서민적이었고 패기覇氣가 넘쳤던 노무현 前 대통령이 부엉이 바위 위에서 투신자살한 사건과 바다 속에서 물개처럼 헤엄치던 수영왕 조오련 선수의 급서 소식, 겉보기에는 건강해 보였던 친구의 돌연사突然死! 예기치 못한 충격적인 소식들로 2009년은 저물어 갔다.

제발 2010년은 좋은 소식, 밝은 소식, 웃음이 흘러나오는 소식들로 채워졌으면 한다.

오랜만에 대학 동기들의 모임에 참석했다.

내가 만학을 한 탓에 동기들은 대부분 나이가 나보다는 5,6세 적은데, 세월이 흘러 졸업한 지 40년 만에 만나 보니 60대 중반인 그들의 모습이 너무 변해서 처음에는 알아볼 수가 없었다.

머리칼은 백발이 되거나 대머리가 되기도 했고, 뽀얗던 얼굴에는 검버섯이 번져 있기도 했다.

할아버지 냄새가 물씬 풍겨났다. 그들이 보기에는 내 모습도 아마 낯선 할머니 모습이었을 것이다.

그 중에는 옛 모습이 그대로 남아 있어서 40대 정도로 밖에 안 보이는 젊은 친구들도 있었다. 대다수가 벌써 현직에서 물러나서 한가롭게 노후대비를 하면서 지내고 있었지만 아직도 여전히 현장에서 동분서주東奔西走하면서 활발하게 뛰어다니는 친구들도 많았다.

아무리 패기가 넘치고 욕망이 강해도 자연의 섭리 앞에서는 우리 인간들은 보잘것 없는 미물일 뿐이니 굴복할 수밖에 없다.

우리 뜻대로 자유롭게 할 수 있는 것은 노무현 前 대통령처럼 자신의 생명을 던지는 일이 아닐까?

늙기 싫다고 해서 세월이 가는데 늙지 않고 살 수는 없고, 부자로 살고 싶고 출세하고 싶다고 해서 뜻대로 척척 이루어지기도 어렵다.

지금까지 지내온 나의 인생행로를 되돌아다보니 평탄한 길보다는 퍽 굴곡이 많은 길을 걸어온 듯하다. 잠과 싸우면서 힘겹게 공부하고 노력했건만 희망대로 꿈을 이룬 것은 별로 없었다. 법무부, 노동부, 한국여성개발원을 거쳐서 원광대학교까지 경력이 이어졌지만 결국 모두 흘러간 추억이 되었고, 이제 처음 출발지점으로 되돌아온 것 같기도 하다.

어찌 보면 이 자리가 가장 아늑하고 편안한 느낌이 들기 때문일지도 모른다.

이제 남아 있는 생은 얼마나 될까?

앞으로 10년? 20년? 30년? 아무도 미래의 갈 길은 예측할 수 없는 일이고 신神만이 아실 것이다.

그렇다면 주어진 삶 속에서 어떤 삶을 사는 것이 가장 보람 있고 알차고 후회 없는 삶이 될 수 있을까?

요즘 정부에서는 저출산低出産 문제로 여러가지 좋은 대책을 찾으려고 노심초사勞心焦思하는데 좋은 대책이 없을까?

낳기만 하면 국가에서 육아를 지원해 주고, 교육비까지도 모두 책임지겠다고 한다면 출산율은 급상승할 텐데…….

자녀 육아문제로 요즘 희생당하는 사람은 많은 할머니들일 것이다.

아파트단지 내에서 유모차를 밀고 다니는 사람들을 보면 젊은 엄마들보다는 나이든 할머니가 훨씬 많다.

바로 나도 그 대열에 끼어서 지금 5년째 손자 돌보는 일에 매달려 지낸다. 앞으로 몇 년 더 봉사해야 될 지 불확실하다.

나에게도 하고 싶은 일이 많은데 모두 포기해야 한다면 너무 서글픈 일이 아닌가?

미래에 대한 꿈도 없이 계획도 없이 살고 싶지는 않다.

자! 2010년도부터 미래에 대한 희망사항을 설계해 보자.

내가 제일 먼저 하고 싶은 일은 여행인데 언제 내 꿈이 실천될 수 있을지…….

가 보고 싶은 곳은 많지만 내 능력에 맞게 갈 수 있는 곳에 가 보고 싶은데 벌써 무릎에 관절염 초기 현상이 나타나서 연골주사를 맞고 침도 맞았다. 더 나이가 들수록 여행은 실천하기 어렵게 되고 말 텐데 왠지 억울한 생각도 든다.

그 다음은 나의 어머니의 일대기를 쓰고 싶다.

딸을 위해서 한평생을 숱한 고생을 달게 참고 희생하면서도 즐겁게 살다가 떠나신 나의 어머니께 사죄하는 의미에서 어머니의 일대기를 쓰려고 한다.

어머니의 흔적을 글로 써서라도 남겨 놓고 싶은데 나이가 들수록 기억력이 감퇴하면 할 수 없는 일이 아닐지 그 점이 염려된다.

지난 연말에 아랍에미리트에 원자력발전소를 수출하기로 했다는 기적 같은 소식은 국민들의 입에서 환호성이 나오게 해 주었고, 전주에서 들려온 '얼굴 없는 천사' 이야기는 듣는 이의 가슴을 따뜻하게 해 주었다.

2010년은 이런 즐겁고 훈훈한 소식들이 줄지어 일어나는 축복받는 한 해가 되기를 바라면서 개인적으로는 나를 이 세상에 보내주신 보이지 않는 분의 힘과 도움 속에서 건강하고 자유롭게 살면서 나의 희망사항이 한 가지씩 실천될 수 있기를 기원해 본다.

(2010년도)

생각을 바꾸면

　오랫동안 아파트 같은 층에 살다가 위층으로 이사간 분을 만났다.

　같은 아파트에서 몇 년씩 살면서도 눈인사도 안 건네고 살기도 하는데 그녀와는 퍽 가깝게 지낸 사이다.

　그녀는 아직 60은 안 되었지만 아들 둘이 30이 넘었으니 곧 할머니가 될 나이건만 언제나 날렵한 몸매에 40대 정도로 보이는 외모를 하고 다닌다. 세 살 된 둘째 손자를 유모차에 태우고 놀이터에 가다가 그녀를 만났다.

　"오랜만이에요. 유모차를 밀고 다니시면 운동이 된대요. 팔에 힘도 생기고, 다리도 튼튼해져서 좋다고 해요."

　하면서 매우 부러워 하는 듯한 시선으로 바라보았다.

　대부분 사람들은 할머니가 애 돌보느라고 고생한다면서 위로 섞인 인사를 건네는데, 유모차 밀고 다니는 것이 운동이 되어서 건강에 좋다는 긍정적인 말은 처음 들어 보았다.

　그러고 보니 할머니들이 빈 유모차를 밀고 다니는 것도 의지가 될 뿐만 아니라 운동이 될 듯하다.

등산 다닐 때 등산용 지팡이를 짚고 다니면 훨씬 힘이 되고 무릎에 힘이 30%로 감소된다고 하니 유모차에 의존하는 것도 큰 도움이 될 것이다.

빈 유모차를 밀고 다니면 왠지 어딘가 몸이 불편한 노인처럼 보이지만 아기를 태우고 다니면 젊은 할머니로 보이지 않는가?

추운 겨울에는 유모차를 잘 사용하지 않다가 슈퍼에 다녀오면서 아기를 태우고 갔다 오면 어깨, 허리, 다리까지 아프기도 했다.

그런데 요즘 큰 손자가 초등학교에 입학하면서부터는 자주 학교에 가고 오는 길에 둘째 애를 유모차에 태우고 다녔는데 어느 순간에 팔 다리 아픈 증세가 사라지고 말았다.

그뿐인가! 약 2년 전부터 계단을 오르내릴 때면 무릎이 시큰거려서 진료를 받아보니 관절염 초기라면서 연골주사를 맞으라기에 세 차례나 주사를 맞기도 했다. 그런데도 여전히 계단 오르내릴 때면 고통스러웠는데 어느 틈엔가 그 증세가 없어졌다.

어찌 된 일일까? 곰곰이 생각해 보니 유모차를 밀고 다닌 것이 팔 다리에 힘이 가해지면서 무릎 관절에도 도움이 된 것 아닐까? 헬스장에 가서 매달리기 운동이나 달리기 운동을 하는 것처럼 유모차를 밀고 다니는 것도 그와 비슷한 큰 운동임을 새삼 느낀다.

특히 약간 경사진 곳을 오를 때는 더 힘이 강하게 들어가고 내려갈 때도 미끄러지지 않도록 힘을 주면서 강하게 끌어당기듯이 내려가야 하니 운동량이 매우 크다고 본다. 이러한 기능이 바로 팔과 허리, 다리 근육에도 큰 힘을 불어 넣어 줄 것이다.

그녀는 덧붙여서 "할 일 없이 강아지를 데리고 다니는 것보다는 귀여운 애기를 유모차에 태우고 다니는 것이 얼마나 좋아요?" 하면서 유모차 밀고 다니는 일을 극구 칭찬했다.

그렇다. 생각을 바꾸면 아기 보는 일이 노동이 아니라 즐거움이 될 수 있고, 유모차를 밀고 다니는 일이 귀찮은 일이 아니라 건강해지는 운동으로 바뀔 수 있다. 따라서 무슨 일이나 생각하기 나름대로 결과가 크게 다르게 나타날 수 있는 것이다.

매사를 부정적으로 생각하는 사람은 항상 불평불만이 온몸 속에 가득 차 있게 될 것이고, 무슨 일이나 긍정적으로 생각하는 사람은 희망적인 생각을 품고 있으니 마음이 편안해질 수 있다고 본다.

그러므로 비록 몸이 아프거나 하고자 했던 일이 성취되지 않았을지라도 언젠가는 좋은 결과가 나타날 것이라는 밝은 희망을 갖는다면 기적처럼 좋은 일이 생길 것이다. 그녀의 격려 한 마디를 듣고 난 후부터는 유모차 밀고 다니는 것이 좋은 운동이 된다고 생각하게 되면서 가벼운 발걸음으로 즐거운 마음으로 입가에 미소를 띠고 헬스장에서 운동하는 기분으로 유모차를 밀게 되었다.

2012년, 새해가 밝았다.

새해에는 근심 걱정이 있으면 희망적인 생각으로 바꾸어서 새 희망을 갖고 활기차게 새해를 맞이했으면 한다.

모자의 마술

얼마 전에 부안읍에서 초등학교 동창 모임(하서초 제7회)이 있었다.

오랜만에 참석한 김종육 원장, 그는 전주에서 한의원 원장이면서 사주四柱도 봐 준다.

벌써 19년 전 그날은 아들 원태가 충청도에 있는 대안고등학교에 다니다가 사고로 천국에 간 날이다.

경찰에서 연락오기를 원태가 사고로 다쳐서 중태라기에 부랴부랴 서둘러서 충청도 가는 버스를 기다리던 중에 김 원장에게 전화를 걸었다.

"우리 아들이 사고로 많이 다쳤다고 하는데, 괜찮겠지요?" 하고 물어보았더니, "잠깐만 기다려 봐요" 하더니 돌아온 답변 曰, "오늘 그 애가 안 좋은데… 안 좋아! 네모난 상자에 들어갈 운명이야…."

그 답변을 듣는 순간! 심장이 찢어지는 듯한 통증을 느꼈다.

사실은 김 원장의 말대로 그 시각에 원태는 이미 천국으로 떠난 후였다. 단지 경찰이 가족이 충격으로 사고라도 발생할까 봐서 거짓으로 중태라고 연락해 준 것이었다.

그 김 원장이 오랜만에 대머리가 훌렁 벗겨져서 번들번들한 머리로 나타났다. 그런데 머리에 모자를 쓰니까 60대로 변신이 되고 모자를 벗으면 80대로 변화되는 마술을 보여주었다.

남자들은 나이가 들면 전립선에 이상이 오는 사례가 많은데 김 원장도 전립선 암 수술을 받은 환자였다는데, 전립선 치료에 좋은 한약을 스스로 처방해서 복용한 덕분인지 얼굴빛은 혈기 왕성한 50대처럼 보이는데 대머리 때문에 본 나이를 속일 수 없었다.

그렇지만 모자를 쓰니 60대로 변신이 되어 버렸다.

나 역시 오래 전부터 모자를 열심히 쓰고 다닌다.

머리 손질에 신경을 조금만 써도 모자를 쓰면 단정해 보이고 주위에서 모자 쓴 얼굴이 잘 어울린다고 해서 자주 쓰게 된 것이다.

오랜만에 만나는 친구들이 모자를 쓰고 나가면, "멋지네" "젊어졌어" "안 변했어" 하면서 이구동성異口同聲으로 모자의 마술을 칭찬해 준다.

모자의 종류는 다양하게 있지만 색상이나 디자인에 따라서 더 젊어 보이기도 하고 오히려 나이 들어 보이게도 하는 마술을 나타낸다.

모자를 애용하다 보니 계절에 따라서 바꿔 쓰기도 하지만 특히 애착이 가는 모자가 있다.

가장 애용했던 모자가 하나 있었는데 부안에서 서울 오는 고속버스 안에서 벗어 놓고 그냥 내려서 그 모자를 찾으려고 다시 고속버스 터미널 '분실물보관소' 까지 찾아갔지만 내 모자는 없었다.

그와 비슷한 모자를 다시 사려고 이곳저곳 모자 가게를 순회했으나 사지 못했다. 그 후부터 모자를 잃어버리지 않으려고 관리에 신경을 쓰게 되었다.

모자는 어린애나 젊은이들보다도 나이가 든 어른들에게 더 필요하다고 본다. 왜냐하면 여름에는 뜨거운 햇볕을 가려주어서 좋고 추울 때는 머리에 보온保溫도 해 주니 좋다.

그뿐 아니라 의복이 좀 허술하더라도 멋진 모자를 쓰게 되면 모자 덕분에 멋지게 돋보일 수도 있으니까 나이 든 어르신들에게 모자를 쓰고 다니시라고 권하고 싶다.

특히 백발이 되었거나 대머리가 된 아저씨들과 할아버지들, 그리고 머리가 빠지고 백발이 된 할머니들은 가능하면 모자를 애용해 보라고 권하는 바이다.

왜냐하면 모자가 백발이나 대머리를 가려 주어서 더 건강해 보이고, 더 젊어 보이고, 더 멋지게 보이니까!

김 원장님!
'모자의 마술魔術'의 힘을 발휘하여 건강하고 멋지게 살면서 주변에 있는 환자들에게 좋은 일 많이 하시면서 백세장수百歲長壽 하기 바랍니다.

(2013년도)

129

4_부

천사의 미소

또 한해가 저물었고 새해가 밝았다.

어린 시절에는 새해를 맞이하여 한 살씩 더 먹는 것이 즐겁고 기쁘기만 하더니 이제는 나이 먹는 것이 뭔지 허무하고 쓸쓸한 기분이다.

그렇지만 아직은 60대라는 것을 큰 위안으로 여겨야 하리라. 왜냐하면 70대로 접어들면 마음만은 청춘이라고 생각해도 현실은 어쩔 수 없이 고령자高齡者 대열에 들어서야 하니까.

2007년 새해에는 뭔가 즐거운 일이 많았으면 좋겠다.

개인적으로는 물론 국가적으로도 기쁘고 즐거운 일들이 많이 생겨서 입가에 미소가 벙긋벙긋 피어나올 수 있는 한 해가 되기를 바란다.

'웃으면 복이 온다'고 한다. 웃음은 만병통치약으로 통하고 있다. 암癌도 극복하는 능력이 있다니 말이다.

지난 연말에 남편이 조직검사 관계로 병원에 입원하게 되었다.

하루만 입원하라고 하더니 2박 3일로 연장되었다.

검사 결과 이상이 없다는 말에 검은 구름이 활짝 걷히는 느낌이었다.

입원 첫날에 간병하느라고 간이침대에서 새우잠을 자는데 잠결에 누군가 이불을 덮어주기에 바라보니, 희미한 불빛 아래서 천사를 본 듯했다. 환한 미소를 띠고 담당간호사가 환자용 이불을 덮어주는 것이었다.

미소 띤 그 얼굴은 어슴프레한 불빛 아래서 마치 '천사의 미소' 처럼 아름답게 보였다. 다시 잠에 빠졌다가 아침에 그 간호사를 찾아보았다.

컴퓨터 앞에 앉아서 열심히 일하는 그 모습은 평범한 간호사의 자태였고 잠결에 바라본 그 천사의 모습은 아니었다.

사람의 모습은 상황에 따라서 아니 마음먹기에 따라서 보는 시각의 각도에 따라서 변화된다는 사실을 절실하게 느끼게 했다.

'제 눈에 안경' 이라지 않았던가!

길거리에서 어떤 아이가 '엄마 엄마' 하면서 앙앙 울고 있어서, 지나가던 행인이 너의 엄마가 어떻게 생겼느냐고 물었더니 '이 세상에서 제일 예뻐요' 라고 하는데, 그때 어떤 여인이 헐레벌떡 달려오자 그 아이는 '엄마' 하면서 달려들어 안기었다.

그런데 그 여인의 얼굴은 빡빡 얽은 곰보였다는 것이다. 비록 엄마의 얼굴이 곰보이지만 그 아이에게는 엄마가 세상에서 가장 아름다운 미인으로 보일 수 있는 것이다.

그건 엄마가 자식에게 베푸는 무한한 사랑 때문일 것이다.

어느 교회에서 병원에 입원 환자들에게 떡 봉지 선물을 나누어주면서 환한 미소와 함께 "사랑해요. 속히 회복하시기 바랍니다" 하면서 인사를 건네니 침울하던 병실 안이 갑자기 환하게 밝아진 듯했다. 작은 친절이지만 힘들고 어려운 이들한테 사랑을 베푸는 사람이 바로 이 사회의 천사라고 본다.

요즘 거울 속을 들여다보면 왠지 낯설고 뚱한 표정의 할머니 모습이 보인다.

자신의 얼굴에는 자신이 책임져야 한다지 않았던가!

나의 무뚝뚝한 이 모습을 누가 보고 싶어 하겠는가!

'천사의 미소' 까지는 흉내낼 수 없다고 해도 편안한 표정, 부드러운 표정, 밝은 표정 정도는 몸에 배이도록 노력해 보고자 다짐해 본다.

친구여 안녕

사람의 운명은 신神의 영역 내에 있으니 인간의 힘으로는 바꾸기 어렵다는 것을 절실하게 느꼈다.

겉보기에는 건강해 보이던 친구가 급서했다는 비보가 전화를 통해서 전해졌다.

"청천벽력 같은 소식을 들었어요. T가 오늘 아침에 운명했답니다."

G의 전화를 받고 나니 가슴이 멍해지고, 잠시 혹시 꿈이 아닐까 생각해 보면서 허무한 생각이 들었다.

바로 20여 일 전에 K의 막내아들 결혼식 주례를 좀 맡아달라는 부탁전화를 했을 때, 쾌히 "그러지" 하면서 동의했던 그 목소리가 귓전을 맴돌았다.

허리 통증이 심해서 치료중이라기에, 11월에 주례 서기 전에 완치하라고 했더니 "그때까지 치료가 안 되면 어쩌라고? 그 안에 완치되지" 하면서 껄껄 웃더니 그게 마지막 전화통화가 되고 말았다

떠난 후에 전해 들은 소식으로는 종합건강검진을 해 보니 폐암 말기였고, 이미 온몸에 암이 전이된 상태였는데 그렇게 상태가 심각한

줄은 가족들이나 본인이나 전혀 상상도 못한 일이었다는 것이다.

담배와 술을 매우 즐겨 하더니 그 결과 치명적인 병마에 걸렸을 것 같다.

본인은 열심히 헬스장에 다니면서 운동도 하니까 건강은 자신 있다는 태도였는데 몸 속에서 암이 번지고 있는 사실을 까맣게 모르다가 그 걸 알게 되었을 때 충격이 얼마나 컸기에 치료 한 번 받아 보지 못하고, 그 다음 날 눈을 감고 떠나고 말았을까!

T는 어릴 때부터 천재소년으로 알려졌다.

고향에서 중·고등학교를 수석으로 들어갔고, 지방대학을 나왔지만 사법고시에 합격하여 판사가 되었고, 정계에 입문하여 국회의원 생활도 했으며, 마지막엔 인권 변호사가 되어 소신껏 일했다.

그는 우리 동창들의 자랑스러운 친구였다.

누구나 태어나면 언젠가는 이 세상을 하직할 날이 온다.

다만 그 시기를 정확하게 모르는 채 살아갈 뿐이다.

고희古稀 정도가 되면 누구나 가족들에게 유언도 남기고 사후처리에 관해서도 본인 의견을 충분히 밝혀 두어야 한다고 본다.

그렇게 유언 한 마디 없이 갑자기 떠나게 되니까 당장 장지문제로 우왕좌왕하는 모양이었다.

우리 동창들은 그가 고향 선산에 안장될 줄 알고 대기하고 있다가 갑자기 공원묘지로 바꿨다는 소식을 듣고 연락을 받지 못한 친구들은 그의 선산까지 찾아간 사람들도 있었다.

J에게 T의 비보를 알리면서 우리 나이 정도 되면 사후문제를 미리 자녀들에게 말해 두는 것이 좋다고 했더니

"에이, 기분 나쁘게 그런 말을 어떻게 해?" 하더니 "그렇기도 하네. 그 정도는 말해 두는 것이 좋겠네" 하면서 수긍을 했다.

지난해 연말에 20여 명이 참석했던 동창 모임에서 T는 "내일 모레가 내 고희古稀야. 오늘 식대는 내가 내지" 하면서 식대를 지불했고, 가족들이 고희 잔치를 하자고 했을 때 이미 친구들과 잔치를 치렀다면서 거절했다는 것이다.

그 점심식사가 친구들과 마지막 오찬이 될 줄이야!

그날 S는 동호회에서 갈고 닦은 하모니카 솜씨를 발휘하여 멋지게 노래 몇 곡을 고희축가로 연주해서 우리들의 귀를 즐겁게 해 주었고 친구들은 박수로 답례를 했다.

내년에 다시 모임에서 만나기로 하고 L의 차에 동승하고 떠나면서 창문을 통해서 손을 흔들더니 그 모습이 T의 마지막 모습이 되고 말았다.

우리 인간도 아침 풀잎에 반짝이는 이슬과 별로 다르지 않다고 본다. 아침 이슬은 햇볕이 환하게 쨍쨍 비칠 때 반짝반짝 아름답고 화려하게 빛을 발하지만 시간이 흘러가면서 흔적도 없이 사라지고 만다.

인생사 길어 봐야 100년 정도이니 어찌 보면 눈 깜짝할 순간 지나는데 사는 동안 남에게 피해 주지 않고 마음 편히 건강하게 사는 것이 현명한 삶이 아닐까?

친구여! 지난번 내가 수필집을 냈을 때, 그 글을 읽고 "친구들 얘기가 많이 나오던데, 왜 내 얘기는 없지?" 하면서 항의를 했던 기억이 나서, 떠난 후에서야 이제 친구얘기를 쓰게 되어 미안하오.

한 번 떠나면 되돌아오지 못하는 길!

잘 가요. 친구여! 작별인사도 없이 떠난 친구여! 허공에 대고 인사하니 뒤돌아보지 말고 부디 천국에서 고통 없이 편안히 잘 지내기를 기도하면서 안녕!

첫눈 내리는 날 생각나는 친구

첫눈이 내리는 날에는 왠지 마음이 들뜨고 설레던 시절이 언제였던가! 나이는 속일 수 없다더니 첫눈을 보아도 이제는 즐겁다는 생각보다는 외출하는 데 불편할 것 같다는 생각이 먼저 앞선다.

어린 시절에는 비록 가난을 굴레처럼 쓰고 고달프게 살았지만 첫눈이 오면 고사리 같은 손바닥에 눈을 받아서 먹기도 하고 한 주먹씩 뭉쳐서 눈싸움도 하면서 즐겁게 놀았다.

20세가 되어 뒤늦게 공부하기 위해서 서울로 올라가 남산에 있는 학교에 다닐 때이다.

첫눈 내리는 날이면 서울 시내 모든 연인들이 온통 남산으로 쌍쌍이 몰려드는 이색적인 현상이 나타났다. 그 당시에는 눈을 맞으면서 남산 길을 거니는 것이 가장 멋진 데이트 코스였던 모양이다.

등록금 준비도 없이 대학시험에 응시하고, 합격에도 등록을 못하다가 뒤늦게 대학생이 되었지만 꿈 많던 대학시절을 학기마다 등록금 마련하느라 고통스럽게 보냈다.

80명이란 전체 입학생 중에 여학생은 4명이었는데 한 사람은 중퇴하여 세 명이 졸업했으나 졸업 후 취업한 친구는 명복이란 친구뿐이었다.

중학교 교사가 된 그 친구는 복스런 얼굴에 명랑하고 상냥해서 학생들에게도 인기 있는 교사가 되었다.

부모님은 이북에서 월남한 분들로서 생활력이 강한 분들 같으셨다.

그 친구는 대학 재학 때부터 졸업 후 진로에 대한 계획이 확실하게 세워진 당찬 학생이었다.

사대부고 출신으로 법학을 전공했지만 교사 자격증을 취득하여 교사가 되는 것이 1차 목표이고, 만약 실패할 경우에는 차선책으로 돈을 벌기 위해서 제과점을 차릴 예정이라고 했다.

부모님들이 부산 피난시절 빵집을 운영하신 모양인데 그 때 빵 만드는 기술을 터득했다면서 맛있는 빵을 만드는 것은 자신 있다면서……

그녀에 비해서 나는 어떠했던가? 사법고시에 도전해서 법관이 되겠다는 뜬구름 잡는 환상 속에 살았다.

학과장이신 교수님으로부터 고시에 실패할 경우를 대비해서 차선책으로 교직과목을 신청해 보라는 간곡하신 충고에도 코웃음쳐 버렸던 것이다.

'불가능不可能이란 없다' 고 큰소리치면서 …….

졸업 후 수차례 시험에 낙방하다가 취업을 하려고 동분서주할 때, 교사자격증을 취득하지 못한 것을 얼마나 후회했던가!

호구지책糊口之策 마련을 위해서는 말단직 공무원이라도 할 수밖에 없었고, 그때의 한恨을 풀려고 40에 이르러 교육대학원에 진학하였다.

힘들게 공부하면서 교사자격증을 취득했건만 나이가 많다면서 환영하는 곳이 없었다.

명복이는 입학 동기인 남자 친구가 있었다. 그 남자 친구는 그 많은 여학생들 중에서 보석을 찾아낸 셈이다.

왜냐하면 그녀는 생활력이 강하고 근면 성실하며 사리분별력이 뛰어난 입지전적立志傳的인 여성이어서 그 당시에는 보기 드문 학생이라고 볼 수 있었으니까. 남자 친구는 졸업 후에 사법시험을 준비하느라고 깊은 산 속에 있는 사찰로 들어갔다. 가끔 명복이가 사찰까지 방문해서 만났다고 한다.

첫눈 내리는 날! 갑자기 남자 친구가 하산해서 명복이를 찾아오자

"아니, 갑자기 약속한 날도 아닌데 공부하는 양반이 왜 내려왔어요?" 하며 놀라자

"첫눈 내리는 날 공부가 됩니까? 데이트를 해야지…" 하면서 태연한 태도였단다.

명복이는 외모는 튼튼해 보였지만 어릴 때부터 만성 기관지염을 앓고 있었다는 것이다. 그래서인지 환절기만 되면 콜록콜록 기침을 자주 했다.

그 친구가 저 세상으로 떠난 그 해(1972) 9월!

기침을 심하게 하는 딸을 보고 부모님들은 안타까워 하시면서 학교

에 사표를 제출하라고 권했다는데, 공부하는 친구를 돌봐주고 싶어서 였는지 그녀는 버티다가 과로 때문이었는지 병세가 악화되었다고 한다.

그녀가 떠나던 전날에도 데이트를 했다는데, 이른 아침 출근 전에 단골로 다니던 병원에 가서 주사를 맞다가 약물 쇼크로 인하여 너무나도 허무하게 그 친구는 멀리 떠나고 말았다.

그 남자 친구는 그녀가 떠나기 전날 밤에 꿈을 꾸었다고 한다.

두 사람이 손을 잡고 길을 가는데 길은 두 갈래로 갈라지는 곳에 이르렀다는 것이다.

어느 쪽 길로 갈 것인가 두 사람이 망설이다가 이 쪽 길로 가자고 제의하자 명복이는 반대 길로 쏜살같이 뛰어가 버린 꿈이었단다.

그녀가 저 세상으로 떠난 뒤에도 남자 친구는 그녀와 한 약속을 지키려고 사법시험 공부를 계속했고 결혼도 거부했었다.

그 후, 약 5년 후에 만난 명복이의 남자 친구는 대기업체에 간부가 되어 있었다. 그는 부모님들의 간곡한 청을 거절할 수 없어서 하산하였고 어머님이 추천한 아가씨와 선도 아니 보고 결혼했다고 하면서도 그녀를 잊지 못하는 눈치였다.

명복이가 이 세상을 떠난 지 벌써 30년이 지났지만 첫눈이 내리는 날이면 아직도 옛 친구인 그 친구가 생생하게 떠오르면서 그녀가 보고 싶어진다.

(1999년도)

아름다운 사람들

　'아름다운 사람' 이라고 하면 먼저 젊고 예쁘고 잘 생긴 얼굴이 떠오를 것이다.

　제아무리 천하일색 양귀비라도 늙고 병들면 볼품이 없어져 버린다. 보통 사람들은 외모를 보고 아름다움을 판단하게 되고 직업 중에서도 아름다움을 창조해 내는 정형외과 의사가 인기있는 직종이기도 하다.

　이제 60대 후반에 접어들고 보니 주위에 친구들도 건강한 사람보다는 몸이 아픈 사람이 더 많아지고, 젊은 시절의 모습은 변화되어 노인 냄새가 물씬 풍겨 나온다.

　얼마 전에도 초등학교 동창 하나가 항암치료를 받다가 저 세상으로 떠났다. 누구에게나 친절하고 인정 많은 교사 출신인데, 술을 너무 좋아한 탓에 걸린 병인지 대장암 수술을 받고 회복되어서 여행도 다닌다더니 암과의 투쟁에서 지고 말았다. 저 세상에서는 고통없이 편히 쉬기를……

　남편이 4년 전에 전립선 비대증 수술을 받았는데 그 후부터 병줄을 놓지 못하고 고통을 받게 되어 검사를 받기 위해서 병원에 입원하게 되었다.

2인 1실에 입원했는데 먼저 입원한 환자는 30세의 젊은이인데 전날 아버지에게 신장이식 수술을 해 준 기증자였다.

'저런 효자를 둔 부모들은 매우 행복한 사람들이겠구나' 하는 생각이 들면서 아름다운 그 젊은이를 부러운 시선으로 빤히 쳐다보았다.

그런데 나중에 알고 보니 아들이 아니라 사위가 장인에게 신장 하나를 선뜻 떼주었다니 정말 가슴이 뭉클해지는 감동을 느꼈다.

신장이식 수술은 매스컴을 통해서 듣던 얘기인데 장한 장본인을 눈앞에서 바라보니 그 기증자가 너무나 아름답고 듬직해 보였다.

본인은 겸손하게 "누구나 제 입장이 되면 저처럼 했을 겁니다. 자녀들이나 형제들 중에서는 조건이 맞는 사람이 없었고 저 밖에는 기증할 수 있는 사람이 없어서 하게 된 것이지요."

당연한 일을 했을 뿐이란 듯이 미소를 지으면서 얘기했다.

장인도 회복이 빠르고 사위인 기증자도 수술 후 3일 만에 일어나서 죽을 떠 먹고 장인에게 인사를 하고 오더니 4일째 되는 날, 임신 중인 아내와 함께 개선장군처럼 퇴원하는 모습이 너무나 아름답고 경이로움마저 느끼게 했다.

그가 퇴원한 후 그 자리에 또 30대 중반 되는 젊은이가 입원했는데 그는 사촌동생에게 신장을 기증하기 위해서라고 했다.

친형제도 아니고 사촌형이 신장을 이식해 준다니 또 한 번 놀라게 했다.

"저는 아버지가 3형제를 낳아 놓고 30대 중반에 떠나셔서 우리 3형제를 큰아버님이 자신의 4남매와 함께 7남매를 키우시느라고 고생이 많으셨죠. 동생이 수술을 해야 할 상황인데 친형제들 중에는 조건이 맞는 이가 없었고, 저 밖에는 맞는 이가 없었어요. 제가 동생을 위해서 신장을 기증하는 것이 우리를 키워주신 큰아버님의 은혜에 대한 보답의 길이라고 여겨져서 기증하기로 결심했습니다."

동생의 3형제를 키워준 큰아버지와 그 은혜를 보답할 줄 아는 그 젊은이, 두 사람의 아름다운 마음씨가 내 가슴을 찡하게 울렸다.

TV나 신문을 보면 인간의 탈을 쓰고 해서는 안 될 잔인한 사건들이 주로 화젯거리로 나타나는데, 매스컴에 나오지 않는 뒷면에서는 이처럼 아름다운 일들이 일어나고 있기에 우리 사회는 살 만한 세상이 아닌가!

생명의 존엄성, 특히 자신의 생명에 대한 애착이 우리 인간들에게 얼마나 강한가!

'너 죽고 나 살자' 는 식으로 상대방의 목숨까지도 노리는 철면피들이 활개치는 반면에 소리 없이 숨어서 자신의 육신의 일부까지도 떼내어 기증하는 희생정신이 강한 젊은이들을 보면서 그들의 숭고한 정신 앞에 고개가 숙여졌다.

기증자나 기증 받은 사람 모두 속히 건강을 회복해서 오래오래 건강하고 행복하게 잘 살기를 기도한다.

(2006년도)

145

선자善子 이야기

善子야, 오랫동안 항상 아프다고 신음신음하더니 갑자기 고혈압으로 쓰러져서 떠났다는 너무 충격적인 소식을 듣게 되었구나.

그 소식을 처음 들었을 때 도무지 믿어지지 않았단다.

며칠 전에 전화통화를 하지 않았니?

앞 일은 아무도 모른다더니 정말 인생이 너무 허무하게 느껴진다.

병원 출입을 자주 하게 되니, 주변 사람들이나 가족들도 의례 아프다고 하는 사람으로 인정하고 관심이 적어졌을지도 모른다는 생각이 드는구나.

겉보기에는 중환자로 보이지 않았으니 엄살 부린다고 보는 사람들도 있었을 것이다.

善子야, 너는 말이 적고 조용한 편이어서 중병을 앓고 있으면서도 내색을 않고 참고 살았을 것이다.

그래서 너의 병을 키운 셈이 되지 않았을까 하는 생각이 들기도 하는구나.

내가 초등학교를 졸업하고 뒤늦게 공부한답시고 서울로 올라간 사

146

이에 너는 결혼을 했지.

서울에서 '부안향우회' 모임에서 네 남편을 만났었다.

네 남편을 처음으로 만났으나 초등학교 1년 후배이고, 친구 남편이기에 친근감이 갔었지.

그때 네 남편은 자신의 건강이 좋지 못하다면서도 아내 걱정을 했었다.

"내가 만일 떠나도 善子는 먹고 살 만큼 있다"고 하면서 미소짓던 모습에서 애처가愛妻家임을 엿볼 수 있었어.

善子야, 너는 3남매를 낳아서 다 대학까지 보냈으니 자녀교육도 잘 시켰다고 본다.

특히 네 큰아들이 검찰사무직에 합격해서 서울에서 근무한다고 했고, 사위는 대학교수라면서 퍽 흐뭇한 표정이었고, 큰며느리는 외국인 회사에 다니는데 아들보다 월급이 더 많다면서 은근히 자랑스러워 했지.

善子야, 큰며느리가 결혼한 지 3년이 지나도 아기가 없자 아들 낳은 집에서 사용한 나무주걱을 찾아봐도 없어서 플라스틱 주걱을 훔쳐다가 삶아서 며느리에게 주면 "아들 낳는 약이니 이거 마셔라" 하면서 먹였다고 했지?

그 덕분이었는지 4년 만에 손자를 얻어 기뻐했는데 며느리가 손자 좀 봐달라고 부탁했을 때는 완강하게 "네 새끼니, 네가 키워라" 하면서 거절했고 며느리는 직장을 그만두고 두 아들을 낳아서 키워 놓고 재취업했다고 했지.

넌, 정말 야무진 친구였어. 난 더 할 수 있던 일도 그만두고 딸네 애기 봐주느라고 폭삭 늙어가는 모습이 보이는데 넌 정말 당찬 시어머니였지.

실은 너도 건강했었다면 아마 거절하지 않고 아들집에 가서 손자들을 봐 주었을지 모르지. 그때부터 이미 네 몸은 삐걱거리고 여기저기 아픈 곳이 많아서 과감하게 거절했을 것이라 본다.

그래도 너는 농촌에서 태어나서 농촌에서 늙었지만 심한 노동을 하지 않고 살았다고 했지?

그게 바로 네 복이라고 본다.

그러나 말년에 몸에 질병을 안고 살았으니 그 점이 불행이라면 불행이라고 할 수 있겠지?

네가 오랫동안 병고에 시달리면서 고생하며 겪었을 고통을 당사자나 알지 누가 잘 이해할 수 있었겠니?

2011년도 우리들 모임을 10월 중에 가졌더라면 너를 한 번 더 만나 볼 수 있었을 텐데 하는 아쉬움이 남는다. 11월 12일로 모임 날짜가 잡혔으니 참석하라고 10여 일 전에 전화했는데 그것이 너와 마지막 통화가 되고 말았구나.

그때 네가 했던 마지막 말이 아직도 귓가에서 맴도는구나.

"이렇게 고통 받으면서 살기보다는 차라리 죽고 싶다"고 했던 그 말!

나 역시 그 말을 들었을 때 엄살 섞인 말로 여기면서 밥은 잘 먹느냐고 물었을 때 "밥맛은 좋아서 밥은 잘 먹어" 그 대답을 듣고 "밥 잘 먹고 걸어다닐 수만 있다면 모임에 참석해라"고 하자 힘없는 목소리로 "갈 수 있으면 갈께" 그렇게 약속했는데 그 말이 너와 마지막 대화였구나.

善子야,

지난 5월에 우리 여자 동창들 5명이 너희 집에 찾아가서 심호택 씨가 오디를 먹여 키운 유기농 닭이라고 선물로 준 닭을 요리해 먹으면서 모두들 "유난히 맛있다. 어릴 때 먹었던 바로 그 맛이네" 하면서 떠들면서 이야기를 나누었던 그날이 너를 만난 마지막 날이 되고 말았구나.

善子야, 잘 가라.

이제 고통스런 병마에서 벗어났으니 홀가분하게 훨훨 날아서 천국으로 갔으리라 믿는다.

그곳에서 고통 없이 편안하게 지내면서 먼저 가신 부모님과 남편을 만나서 잘 지내기를 기도하면서 너에 대한 작별인사를 마친다.

안녕!

(2012년도)

우리 고향 효자 이야기

두 후배를 만나서 부모님을 모셔둔 산소를 방문하게 되었다.

먼저 K의 부모님 산소에서 목사님을 모시고 추도예배를 드리는 현장에 함께 참여하였다. 먼 곳에 흩어져 살고 있는 아들 딸 며느리 손녀 손자들까지 모두 모여서 경건한 자세로 예배를 드리는 아름다운 모습을 보고 카메라에 담았다.

K는 부모님 묘소에 큰 비석을 세워 놓았는데 비석에 부모님에 관한 그리움이 철철 넘쳐나는 애정이 가득한 내용의 글을 써서 새겨 놓았고, 산소에 올 때마다 물수건으로 비석을 깨끗이 닦아주는 그 정성!

어린 시절에 할머니께서 돌아가셔서 5일장을 치르는데, 아버지가 5일 동안 "어머님이 돌아가셨는데 어떻게 음식이 목으로 넘어갈 수 있느냐" 면서 음식물을 일체 거부하고 금식을 하시다가 장례식이 끝난 후에서야 어머니가 끓여 오신 죽을 드시면서 기운을 차리시는 모습을 보았다고 술회했다.

K의 아들은 결혼 후 분가해서 사는데 매 주말마다 부모님 집에 와서 하룻밤 자면서 대화도 나누고, 허리가 아픈 어머니를 위해서 집안

150

대청소를 해 준다는 것이다.

그러자 며느리가 친정 갈 기회도 없다고 불만을 토하니까 며느리는 격주로 시댁과 친정을 다니지만, 아들은 매주 찾아온단다.

요즘 젊은이들로서는 아마 이해가 안 될지도 모르는데 그 할아버지에 그 아버지에 그 아들로 대대로 이어지는 K네 집 효사상孝思想은 국보급國寶級이라고 칭하고 싶다.

K네 형제자매는 10명이 넘었다. 그 중 네 번째 누나는 아버지께서 소를 몰고 논갈이나 밭갈이하시고 쉬실 때, 소를 끌고 들로 나가서 꼴을 먹이는 일, 소죽을 끓이는 일들을 도맡아하는 목동 역할을 해냈다.

그녀는 성실하게 일만 하느라고 초등학교 문턱도 밟아볼 수 없었다. 결혼해서 아내가 되고 엄마가 되자 더욱 열심히 일하면서 자녀들 뒷바라지를 해냈는데, 그것은 자신이 배워보지 못한 데 대한 한풀이였는지도 모른다.

그녀의 둘째 아들은 외할아버지의 혈통을 이어받은 것 같다. 엄마가 힘껏 밀어준 덕에 해외에까지 가서 공부를 했고, 고향에서 혼자 사시는 어머니를 위해서 책을 보고 연구해 가면서 혼자 힘으로 황토와 통나무만 사용하여 멋진 집을 지어냈다. 주말마다 서울에서 부안까지 왕래하면서 1년에 걸쳐서 집을 완성해냈다는 것이다.

아마 대한민국에는 단 하나뿐인 효자의 정성이 담긴 상징적인 걸작傑作이라 본다.

K의 말에 의하면, "그 황토 집에서 하루만 지내어도 몸이 거뜬해져

요."

그 집 옆을 지나는 사람들이 하루면 수명씩 집 구경을 하고 간다는 것이다. K의 조카가 지은 집은 단순한 황토집이라기보다는 효성이 어린 효孝의 상징적인 집이라고 볼 수 있다.

다른 후배 G와는 전화통화할 기회가 있어서, 정성을 들여서 잘 가꿔 놓은 산소를 직접 볼 수 있게 되었다. 직접 찾아가서 보니 전해 들었던 바와 같이 철쭉 꽃나무가 숲을 이루고 있고, 매실수가 즐비하며, 아담한 정자가 있었는데 그건 바로 옛날 어린 시절 원두막을 연상케 해 주었다.

G의 조상님 산소 관리에 대한 태도는, 우리 같은 범인들에게는 감히 상상도 못할 정도로 차원이 높아서 초라한 우리 어머니의 산소와 비교가 되어 내 자신이 너무 부끄러워졌다.

G의 조부모님과 부모님, 그리고 일찍 떠나신 형님을 모셔둔 묘역 주변은 일종의 화원처럼 잘 가꾸어져 있었다.

집안에 있는 정원에서나 볼 수 있는 다양한 꽃들이 묘소 주변의 여기저기서 얼굴을 내밀고 오는 이들을 반기는 듯했다.

그 중에서도 특히 인상 깊게 남아 있는 것은 산에서 흔히 볼 수 없는 오동나무가 우뚝 우뚝 서 있는가 하면, 부모님 묘소 앞에 달맞이꽃이 일렬로 심겨져 있는 모습이 이색적이었다.

아버님이 생존시에 사랑방 앞에 달맞이꽃이 피면 달밤에 그 꽃을 바라보시면서 매우 좋아하셨기에 그때 생각이 나서 심어놓았다니, 그

효성을 어느 누가 흉내 낼 수 있단 말인가!

G의 아내 말에 의하면 20여 년 전에 남동생에게 신장 하나를 기증한 후 몸이 쇠약해져서 매달마다 전주에서 서울까지 치료받으러 다닐 때 남편이 조심스럽게 운전하면서 데리고 다녔고, 서서히 건강이 회복되면서 묘소 관리하는 남편과 함께 풀을 매고, 과일 나무에 퇴비도 뿌려주고, 쑥도 캐고, 열심히 산소를 찾아다녔노라고 했다.

그러는 동안 건강을 회복한 자신을 보고 담당의사 얘기가 "일광욕에서 얻어지는 비타민 D는 약물로도 대체할 수 없는 소중한 것인데 자주 산에 가서 일광욕을 한 덕에 건강이 좋아지셨습니다." 그러니까 효자 남편 덕에 효부가 되었고, 효도하다 보니 하나님께서 건강을 되찾게 해 주는 큰 축복을 주신 모양이다.

넓은 산소 주변에 무수히 돋아나는 잡풀을 제거하려면 제초제를 뿌릴 수도 있고, 과일나무에는 병충해를 방지하기 위해서 약물사용을 할 수도 있을 텐데 G는 그런 약물 사용을 일절 금하고 있다고 했다.

그건 자연을 사랑하기 때문이라고 보여진다. 바로 산소 아래에는 조그만 저수지가 있고, 청호지가 보이며, 뒤쪽은 석불산의 뒷자락이 병풍처럼 받쳐주고 있어서 우리네처럼 풍수지리風水地理에 문외한이 보아도 산소 위치가 좋아 보였다.

산소에서 내려오다가 우연히 저수지 가에 새까맣게 떠있는 물체들을 보게 되었다. 그 까만 물체들은 잡풀이 변해서 떠있는 것으로 생각하면서 스쳐 지나려 했는데, G가 "저 까만 것들은 올챙이들입니다."

그 말에 옆으로 다가가서 들여다보니 올챙이 떼가 장관을 이루고 있었다.

그 저수지는 올챙이들의 천국 같았다. 만약 바로 위에 있는 G의 산소에 강한 제초제나 약물사용을 남발했다면, 그 많은 올챙이 떼들이 꼬리를 흔들면서 그렇게 놀 수 있었겠는가!

친환경親環境! 자연 사랑! 요즘 농촌에서 사라져 가는 개구리와 민물 새우, 민물 게 등, 어린 시절에 논둑을 걸어다니면서 바구니로 논 물꼬에서 노는 새우도 잡고, 논고랑에 기어다니는 민물 게도 잡던 추억들이 떠올랐다.

그러나 요즘은 너도 나도 지나친 약물 살포로 인하여 어린 시절 추억을 또 다시 맛보기는 어렵게 되고 말았다는데, 바로 그곳에서는 산소 관리에 정성을 쏟는 G의 덕에 올챙이 떼가 놀고, 민물고기 낚시도 한다니, 50년 전 모습이 살아남아 있는 곳이었다.

K와 G! 두 후배들의 조상님에 대한 지극 정성어린 효사상孝思想은 아무리 칭찬해 봐도 이 짧은 문장으로는 표현할 수 없음이 유감일 뿐이다.

두 후배들의 후손들에게도 그 효사상이 계속 이어지기 바라면서 두 집안에 앞날에도 더 좋은 일들이 많기를 기도한다.

불명예

아파트 가까운 곳에 있는 도서관에 네 살 된 손자를 데리고 가서 동화책 등을 빌려다 본다.

태어나서 처음으로 도서대출을 받기 위해서 꼬마사진이 붙은 도서관 회원증을 발급 받아서 당당하게 아이 이름으로 대출을 받았다.

아이는 자신의 사진이 첨부된 회원증을 보고 매우 기뻐했고, 노리개처럼 가지고 놀기도 했다. 처음 책을 가져오면 보고 또 보고 또 읽어달라고 조르곤 한다. 몇 번 다니더니 자기가 표지와 그림만 보고서 책을 골라 가져오기도 한다.

도서관에 찾아가려면 그다지 높지 않은 작은 산이 있어서 그 산을 넘어다녀야 한다. 그러므로 산을 오르고 내리고 하게 되니 저절로 운동을 하게 되고 맑고 신선한 공기도 마시면서 푸르고 싱그러운 숲속의 향기를 느낄 수 있다.

덤으로 산새소리, 풀벌레 우는 소리, 계절 따라 피어나는 아름다운 다양한 야생화까지 감상할 수 있어서 아이에게 자연공부도 시킬 수 있으니 일거오득一擧五得인 셈이다.

　도서 대여기간은 2주일이지만 항상 기간 내에 반납했는데 어느날 도서관에서 문자메시지가 날아와서 읽어 보니 책 한 권을 반납하지 않았다는 내용이었다.

　그 메시지를 보는 순간 얼굴이 화끈해지고 수치심을 느꼈다.

　왜 책 한 권을 빠뜨렸을까? 건망증인가, 치매증상이라도 온 것인가!

　분명히 빌려온 책을 모두 반납했는데 왜 한 권이 빠졌을까? 책꽂이를 샅샅이 살펴보아도 도서관 책은 보이지 않았다.

　도서관으로 달려가서 책 한 권이 반납되지 않았다는 메시지가 왔는데 확인 좀 해 달라고 하니, 컴퓨터를 톡톡 두들겨 보더니《제발 나 좀 놓아 줘》란 책이 반납이 안 되었다는 것이다.

　집에 돌아와 가족들에게 그 사정을 얘기했더니 딸이

　"어머니가 기간 내에 반납을 안 하실 어른이 아니시고 아마 도서관에서 전산오류 때문에 나타날 수도 있으니까 다시 책이 있는지 확인해 보라고 하세요."

　나를 믿어주는 딸의 말에 힘을 얻어 또 도서관에 찾아갔더니 휴일이라고 5시에 도서업무는 끝난 후여서, 그 다음날 다시 찾아갔다.

　세 차례 방문한 후에 담당직원을 만나서

　"죄송하지만 제가 책을 빌려갔다가 반납했는데 한 권이 반납이 안 되었다고 도서대출도 중지되었는데 혹시 책장에 책이 있는지 한 번 확인 좀 해 주시겠어요?"

　조심스럽게 죄인처럼 두 어깨를 움츠리고 간청했더니 회원카드로

검색을 해 보고

"《제발 나 좀 놓아 줘》가 반납이 안 되었군요. 확인해 보죠."

하고 안으로 들어갔다 나오더니

"있네요. 도서대출 받을 수 있습니다."

그 순간 나는 눈을 크게 뜨고 깡충깡충 뛰고 싶을 정도로 기분이 날아갈 듯이 좋았다.

"감사합니다. 불명예不名譽를 씻을 수 있게 되어서 마음이 홀가분합니다. 고맙습니다."

하면서 굽실굽실 인사를 하고 날아갈 듯이 집으로 달려왔다.

가족들에게 그 얘기를 하자 딸은 대뜸

"사과謝過 받으셨어요?"

"사과?"

그렇다. 생각해 보니, 3일 동안 내가 받은 수치스런 불명예와 신용불량자로 낙인 찍혀서 대출도 중단 당한 수모가 얼마나 컸던가!

그뿐인가. 건망증인가, 치매증상인가 하면서 얼마나 심기가 불편하고 마음이 우울했었는지…….

그런데 오류를 범한 당사자가 아니었더라도 동료직원의 실수나 과오에 대해서 그 기관의 어느 누구라도 반드시 사과를 했어야 마땅하다고 본다.

컴퓨터 오류로 발생한 결과든 직원의 실수로 나온 결과이든지 그 사실을 발견했으면 누구라도 불안에 떠는 회원에게 한 마디 위로라도 건넸어야 한다.

'말 한 마디로 천 냥 빚을 갚는다' 라고 했지 않은가!

그 후 한동안 도서관 출입을 중단했다가 다시 하게 되었지만 책을 반납할 때마다 설마 또 그런 오류가 발생하지는 않겠지만 반드시 확인을 해 보는 버릇이 생겼다.

만약 다음에 또 그런 일이 발생한다면 그때는 담당자를 찾아서 사과를 받고야 말 것이다.

(2009년도)

정안휴게소에서 생긴 일

　금년(2006년) 5월 5일은 어린이날과 석가탄신일이 겹친 탓인지 전국 고속도로가 마치 설이나 추석 연휴처럼 긴 차량행렬로 이어져서 명절 같은 느낌이 들었다.

　고속버스로 서울에서 부안까지는 보통 3시간 정도 걸리는데 그날은 4시간 이상이 소요되었고 표가 모두 매진되어서 또 2시간 넘게 기다렸다가 탔으니 예상했던 시간보다 3시간은 늦게 부안에 도착했다.

　80년대 90년대까지도 어린이날이면 아이들이 원하는 선물을 사주거나 가까운 곳에 있는 행사장에 데리고 가서 놀다 오는 것이 고작이었는데, 이제는 아이들 핑계로 어른들이 장거리 여행을 즐기는 것 같다.

　서울에서 부안까지 가는 동안 반드시 중간지점에 있는 휴게소에 들른다. 그날도 고속버스가 정안휴게소에 정차하고 승객들은 요기도 하고 볼일을 보면서 15분간 휴식을 취하게 되었다.

　한 달에 두 번 정도 다니는 코스인데 그날은 여자화장실 앞에 기다리는 긴 줄이 늘어서서 퍽 이색적인 장면이 연출되고 있었다.

끝자락에 서서 기다리면서 15분 안에 내 차례가 올 수 있을지 염려스러웠다.

그때 갑자기 어이없는 꼴을 보게 되었다.

천방지축 달려가는 젊은 여성 서넛이 줄 서 있는 대열이 보이지도 않는다는 듯이 앞으로 쳐들어갔다. 줄 서 있는 사람들은 모두 어이없다는 표정으로 바라보면서 침묵을 지키고 서 있었다.

바로 이어서 중년층 여인 둘이서 헐레벌떡 마치 쫓겨오는 사람처럼 줄을 밀쳐내고 당당하게 앞으로 뛰어들어 갔다.

그래도 줄 서 있는 사람들은 입을 다물고 서 있었다.

곧이어 허리가 굽은 노인이 '나는 늙었으니 아무도 간섭 말라'는 듯이 옆도 안 보고 화장실을 향해서 들어가 버린다. 순서 따위는 늙은 이에게는 해당되지 않는다는 듯이….

그런 와중에도 서서히 줄은 앞으로 이동을 하고 있었고, 뒤에는 계속 긴 줄의 꼬리가 이어지고 있었다.

그 순간 나는 '아직도 질서의식이 있는 사람이 훨씬 많기 때문에 우리 사회가 발전할 수 있다'는 자부심을 느꼈다.

비록 극소수의 뻔뻔스런 막가파들이 있다고 해도 그들의 힘으로는 사회질서를 깨뜨릴 수 없을 것이다. 화장실 앞에 이른 시간은 약 5분 정도 걸렸는데 퍽 긴 시간처럼 느껴졌다.

양편에 30여 개의 문이 있어서 문이 열리고 나면 차례대로 들어가는데 갑자기 또 40~50대로 보이는 중년 여인네가 잰걸음으로 허겁지겁 달려와서 활기차게 열린 문으로 쑥 들어가 버린다.

기다리고 서 있던 사람들에게 마치 '이 얼간이들! 무조건 빈 자리로 들어가지 뭘 기다려' 하는 듯이…….

그제야 비로소 서 있던 사람들이 어이없다는 표정으로 서로 바라본다.

이것이 한국인들의 질서의식에 대한 양극화 현상일까?

어릴 때부터 부모로부터 시작해서 학교교육에서 사회 질서의식에 대한 교육은 아무리 철저하게 시켜도 어른들이 어린이들 앞에서 담배 꽁초를 내던지거나 껌이나 침을 아무데나 내뱉고, 휴지를 길거리에 내던지는 행위를 할 때 그들은 따라 하기 마련이다.

21개월 된 우리 외손주가 아직 말도 잘 못하면서도 외할아버지가 몸이 아프거나 짜증나면 "에잇!" 하고 혼자 중얼거리면 금방 따라서 "에잇, 에잇" 하면서 뒷짐을 지고 아장아장 걸어다닌다.

저의 엄마가 피곤하고 힘들다며 "휴!" 하고 한숨을 내쉬니까 금방 앵무새처럼 따라서 "휴, 휴"하면서 표정까지 흉내를 내는 걸 보니 얼마나 놀라운 일인가!

어른들의 일거수일투족—擧手—投足은 아이들에게 본보기가 되니 언행 하나하나에도 자녀들 앞에서는 신경을 써야 한다.

만약 정안휴게소에서 생긴 풍경이 인천국제공항에서 발생한다면 국제 망신이 아닌가!

(2006년도)

벽

'벽' 하면, 어린 시절에 고향에서 살았던 초가집이 떠오른다.

그 집은 내가 서울로 오기 전에, 11~20세까지 약 10년간 살았다.

사면을 흙으로 쌓아 올리고, 지붕은 서까래와 상량上樑을 올려서 흙으로 덮어, 그 위에 짚으로 엮은 이엉을 씌워서 만든 집이다.

앞벽에는 방으로 들어가는 앞문이 하나 있었고, 부엌 쪽에는 부엌으로 드나들 수 있는 문 하나, 그리고 옆벽에는 환기통 겸 조그만 쪽문이 있었다. 그러나 윗목 쪽에는 문이 없었고, 흙벽으로 꽉 막혀 있었다.

그 곳은 가을에 고구마를 저장하는 창고 역할을 하는 벽이었다고 본다. 늦가을이 되면 집집마다 방 윗목에는 고구마가 수북하게 쌓여 있었고, 수숫대로 엮은 발로 칸막이를 해 놓고 겨울동안 먹을 고구마를 저장해 두었다.

가을걷이가 끝나고 찬 서리가 내리면 들판은 텅텅 비어 있었다.

눈이 내리는 추운 겨울동안에도 어른들은 쉬지 않고 하는 일들이 있었다.

여인네들은 물레를 돌려가면서 목화솜에서 실을 뽑아내어, 베틀에 실을 감아 올려서 무명베를 짰고, 남정네들은 짚으로 새끼를 꼬고, 나래(이엉)를 엮어서 지붕에 새로운 짚을 덮어 씌워야 하는 작업들을 하던 모습이 눈에 선하다.

그 당시 우리들은 대부분이 아침밥과 저녁밥을 지을 때 쌀은 아예 먹지 못하고, 보리 조 수수 콩 팥 등을 섞어서 밥을 지었는데 거기에 고구마도 썰어 넣어서 밥을 지었다.

점심은 아예 고구마를 쪄서 동치미와 함께 먹었다. 고구마는 바로 겨울동안 먹어야 하는 주식主食이었다. 그런데 밤이면 쥐들이 뒷벽의 벽 틈을 뚫고 들어와서 고구마를 갉아 먹었다.

긴- 겨울밤, 잠결에 들으면 쥐들이 벽에 구멍을 뚫는 소리가 쓱쓱, 싹싹 들렸고, 얼마 지나면 쥐들이 고구마 먹는 소리가 싸각싸각 들렸다. 이따금 저들끼리 싸우느라고 찍찍거리는 비명소리도 났다.

바로 윗목 벽 뒤에는 조그만 창고가 있었는데, 그곳에는 긴- 겨울동안 온돌방에 불을 땔 때 필요한 장작개비와 짚다발이 꽉 쌓여 있어서 겨울 동안 쥐들의 안식처가 되기도 했다.

그렇게 춥고 긴 겨울이 지나고 나면 윗목 벽에 수북하게 쌓여 있었던 고구마는 사라지고, 텅 빈 윗목 벽의 한쪽 모서리에는 쥐구멍만 휑-하니 뚫려 있었다.

봄이 되면 보리를 수확할 수 있을 때까지 '보릿고개'를 넘기는 것이 가장 고생스러웠던 기간이었다. 산으로 들로 돌아다니면서 쑥이나 냉이, 달래, 취나물 등 봄나물을 뜯어다가 먹고, 진달래꽃도 따서 먹기도 하고, 고사리도 꺾으러 다녔다.

피곤할 때 집에 와서 방 아랫목에 깔아놓은 이불 속에 발을 넣고 아랫목 흙벽에 기대어서 쉬는 시간이 얼마나 아늑하고 포근한 시간이었던가!

겨울에는 방안에서도 손이 시려워서 화롯불을 피워놓고, 거기에다 고구마를 구워 먹기도 했는데 텅 빈 윗목의 벽을 바라보면서 겨울 동안에 지겹게 먹었던 고구마가 은근히 그리워지기도 했다.

요즘은 잡곡밥이나 고구마를 건강식으로 먹고 있지만 어린 시절에는 흰쌀밥 먹는 집이 매우 부러웠다.

아침 저녁으로 먹는 달큰한 고구마 밥이 싫을 때도 있었고, 어쩌다가 잘 사는 친구 집에 놀러 가면 하얀 쌀밥을 주었는데 그 밥맛은 정말 꿀맛이었다. 이제는 고향 마을에 흙벽이 있는 집은 거의 자취를 감추었고 시멘트 벽으로 된 집들이 대부분이니 쥐들이 뚫고 들어올 수도 없게 되었다.

추운 겨울밤, 흙벽을 뚫고 들어온 쥐들이 찍찍거리면서 고구마를 갉아 먹는 동안은 배고픔이 없었기에 어쩌면 행복한 시간이었는지도 모른다.

흙벽 속에서 살았던 어린 시절이 이제 먼― 꿈나라의 이야기처럼 옛 이야기가 되고 말았다.

(2015년도)

5부

서상열 선생님께 올립니다
故 김민성 원장님께 올립니다
진을주 시인님을 추모하면서
박문채 선배님, 편히 쉬세요
복녀 할머니

서상열徐相烈 선생님께 올립니다

선생님! 그동안 안녕하신지요? 건강은 어떠하신지…….

매년 5월이 되면 저를 아껴주신 은사님들 생각이 떠오르는데 항상 선생님 생각도 함께 떠올라서 저의 어린시절을 회상하게 됩니다.

선생님! 소식이 두절된 지도 어느덧 10년이 넘은 듯하온데 그동안 건강하게 잘 지내시는지 궁금하여 글을 올립니다.

선생님, 10여 년 전 익산에서 선생님을 뵈었을 때는 퍽 건강하셨고 저도 한국여성개발원에서 명예퇴직 후에 원광대에서 여성학 강의를 할 때였으니 60을 갓 지난 나이였지요.

요즘은 편지를 보내지 않고도 인터넷을 통해서 또는 전화로도 지구 저쪽 끝에 있는 사람들과도 서로 소식을 전할 수 있어서 아주 편리한 세상이 되었는데 선생님의 이메일 주소도 모르고, 전화번호도 알 수 없으니 이 글이 언제 어떻게 전달될 수 있을지 모르지만 이렇게라도 소식을 전하고 싶어서 글을 써봅니다.

선생님께서는 고등학교를 졸업하자마자 코흘리개 초등학교 4학년 생인 우리 반 담임으로 오셔서 졸업할 때까지 담임을 맡으셨지요.

철부지 개구쟁이들을 지도하시면서 힘든 일이 많으셨을 터인데도 우리들과 정이 들어서 3년간 담임을 하신 그 노고에 정말 감사드립니다.

선생님께서는 우리와 6.25 동란을 같이 보내셨지요? 학교가 불 타버려서 대교리에 있는 창고 안에서, 청호면사무소 창고 또는 학교 운동장가에 있는 나무 그늘 밑에서 우리는 공부를 했었지요.

그때 꼬맹이들이 벌써 선생님과 같이 늙어가고 있습니다.

그뿐인가요? 성급한 친구들은 천국으로 달려가 버렸습니다.

요즘은 농촌에서도 교통사고가 많이 발생해서 인명피해가 많은데 우리 친구들 중에서도 일학년 때 반장인 송정근 친구, 이학년 때 반장인 이준현 친구, 삼학년 때부터 졸업할 때까지 반장을 지낸 김형일 친구 등 세 사람도 농촌에서 농업에 종사하다가 교통사고로 떠났답니다.

김형일 친구는 약 1년간 식물인간으로 살다가 떠났고, 이준현 친구는 10여 차례 수술을 받았지만 장애인으로 지내다가 떠났습니다.

그리고 암과 투쟁하다가 성공적으로 치유된 친구도 있지만, 이형근 친구와 오탄 친구는 암에게 희생되고 말았습니다.

이형근 친구는 평생을 교직에 있다가 정년퇴직 후 암수술을 받고 치료받다가 떠났고, 선생님께서 천재소년이라고 칭찬하고 아꼈던 오탄 친구는 암 선고를 받고 충격을 받은 탓인지 치료도 못해 보고 눈을 감고 말았습니다. 그 친구는 선생님께서 예측하신 대로 사법고시에 합격하여 법관생활도 하고 국회의원도 해 보고 떠났습니다.

선생님, 슬픈 소식만 전하는 것 같은데 이제 좋은 소식으로 넘어갈까요?

반半평생을 교육계에 있다가 교장으로 정년퇴임한 친구가 세 사람이나 있답니다. 조그만 시골학교 한 반에서 교장선생님을 세 명이나 배출輩出했다는 것은 얼마나 흐뭇한 일인가요? 김석곤, 김연술, 최상기, 세 사람은 정년까지 마쳤는데, 김연술 친구는 허리디스크로 고생하더니 한쪽 마비현상이 나타나서 좀 불편하게 지냅니다.

최상기 친구는 퇴직 후에도 화가로, 아코디언 연주자로 음악인이 되어 평생교육원에서 강의도 하며, 일본까지 왕래하면서 바쁘게 활동하고 있답니다.

김석곤 친구는 고향을 지키면서 지역 청소년을 위해서 '청소년지원센터' 소장직을 맡아 봉사활동도 하고 등산가가 되어서 건강관리를 하면서 우리 고장에서는 없어서는 안 될 감초 같은 역할을 해내는 중심인물이라고 봅니다.

선생님, 군산에 사실 때 같은 교회에 다녔던 고광수 친구도 경찰직에서 퇴직 후에 봉사활동을 하면서 취미로 한다는 하모니카 연주 솜씨가 놀라웠습니다.

서울에서 공부한 박문기, 고재웅, 김형국 친구들도 현직에서 물러나서 사장님, 청장님, 박사님으로 맹활약했던 친구들입니다. 이제는 자연인이 되어서 건강관리와 취미를 찾아 노년생활에 대비하고 있답니다.

참 선생님께서 유난히 총애하셨던 음악가 김영순! 그 친구는 미국에 살면서 종교활동을 하고 있고, 유명한 개구쟁이 소년이었던 이준엽 친구는 칠레에 살고 있는데 지난번 대지진이 발생한 지역에 살고 있으나 위기일발의 순간을 넘기고 잘 살고 있답니다.

그런데 놀라운 일이 있습니다. 모두 현직에서 떠나고 있는데 다시 일을 시작한 용기있는 친구들이 있답니다. 부안에서 요즘 한참 뜨고 있는 것이 '오디' 사업이라고 보는데, 심호택 친구가 그 일을 시작했고, 건설업을 했던 이준영 친구가 제주도까지 가서 수산업을 한답니다. 70이 넘은 나이에 새로운 사업에 도전한 두 친구의 새로운 출발에 서광이 비치기를 바랍니다.

선생님, 저는 어떻게 지내는지 궁금하시지요? 서울생활을 접고 부안에 내려가 살면서 원광대에서 여성학 강의를 10년간 했는데 그때가 퍽 보람된 생활이었습니다.

어머님이 떠나신 뒤, 65세까지 강사생활을 끝내고 또 다시 서울에 와서, 딸을 위해서 손자 둘을 돌봐주는 할머니로 지내고 있습니다.

서울생활을 언제까지 할 것인가? 그것이 바로 제 과제입니다.

선생님! 주변에 있는 친구들의 소식을 모두 전해 드리지 못하고 이 정도로 마무리하면서, 이 글이 지구 저편 캐나다에 사시는 선생님 눈에 띄게 되어서 선생님의 소식을 들을 수 있는 기적이 발생하기를 기대하면서, 항상 건강하시기를 간절히 기원하며 마칩니다.

故 김민성 원장님께 올립니다

김민성 원장님!

지난달 말에 '부안문학 제19집 출판기념회' 에 참석했다가 문학지에 실린 원장님에 대한 추모의 글을 보고 서거逝去하신 지가 벌써 10주년이 되었음을 알게 되었습니다.

매창사우회 회원들과 함께 카메라를 메고 변산과 바닷가를 누비고 다닌 때가 엊그제 같은데 어느 사이에 우리 곁을 떠나신 지가 10년이 지났다니 정말 세월이 유수流水 같다는 말이 실감납니다.

원장님!

제가 고향을 떠나 서울생활을 하다가 36년(1995년도) 만에 귀향해서 원장님을 처음 만나 뵙게 된 날은 양규태 님의《해는 질 때가 더 아름답다》라는 수필집 출판기념회 장소였습니다.

서울에서 문인으로 등단하여 연말年末 모임에 갔을 때 부안이 고향이라고 했더니, 어느 노老 시인께서 "부안에는 김민성 시인이 있으니 가거든 만나뵈라' 고 하셨지요.

그 후 명예퇴직하고 귀향해 보니 타향처럼 서먹서먹하고 낯선 고향이었는데, 다행히 원장님과 양규태 님을 만나면서 부안 문인들과 알게 되어서 낯설었던 고향이 금방 친숙해진 계기가 되었답니다.

부안문인협회 회원이 되고 부안문화원에 사진교실이 생기면서 원장님과 함께 사진교실의 학생이 되었지요.

20대에서 70대까지 남녀노소男女老少가 초등학생들처럼 사진작가이신 지도교사의 지시에 따라서 공부를 했고 이곳저곳 산과 들, 바닷가를 찾아다니면서 사진촬영 실습을 했었지요.

개암사 벚꽃, 석불산 고희장군 사당가에 400여 년 된 백일홍, 내소사 전나무 숲길, 격포 해넘이축제, 줄포 김성수 선생님 생가, 곰소 어시장 풍경, 김오성 님의 금구원, 도자기전시관, 반계 선생님 사당, 적벽강에 수성당….

가장 기억이 생생하게 남아있는 추억은 상록해수욕장에 낙조 촬영건입니다. 문화원에서 사진교육을 받고 출발할 때는 하얀 뭉게구름이 두둥실 떠 다녀서 멋진 낙조를 찍을 수 있으리라 기대하고 달려가서 카메라를 들고 해지기를 기다리고 있던 순간에 갑자기 먹구름이 바다 밑에서 치솟아 올라와 붉은 햇님을 삼켜 버렸지요.

그 때 원장님께서 하신 말씀은

"삼대三代가 좋은 일을 많이 해야 멋진 낙조落照를 찍을 수 있어요."

그리고 '하섬' 촬영을 나갔다가 실패한 건도 기억납니다.

'모세의 기적' 처럼 바다가 갈라지는 모습을 찍으려고 갔었건만 물때 시간을 잘못 알고 가서 출렁이는 파도 위에서 멀리 하섬을 안타까운 마음으로 바라만 보았지요.

어느 회원님이 태극무늬 김밥을 맛있게 만들어 왔기에 그 예쁜 김밥을 먹으면서 위로를 받았었지요.

원장님께서는 다리에 힘이 약해져서 꼭 가보고 싶은 직소폭포를 못가 본다고 하시기에 제가 찍어 온 사진을 보여드렸더니 활짝 웃으시면서 반겨하셨지요. 그 사진이 원장님의 문집에까지 들어가게 되어서 큰 영광이었습니다.

원장님!

제가 1999년도 말에 수필집《새가 날아드는 정원》을 발표할 때 서문序文을 써 주시고 출판기념회장에서는 축사까지 해 주신 그 은혜는 평생 잊지 않을 것입니다.

이제는 누구나 건강관리만 잘 하면 백세百歲까지는 살 수 있는 시대라고 하는데 아직도 불치不治의 병이 있고, 불의의 사고 등으로 갑자기 떠나는 친구들이 있습니다.

원장님께서는 부안의 교육발전에 큰 공헌을 하셨고, 문화사업에도 많은 업적을 남기셨으며 하시고자 했던 일들도 많으신 의욕이 넘치시던 어르신이신지라, 오래오래 사시면서 더 많은 일을 성취해 놓고 떠나셔야 했는데 너무 일찍 떠나셔서 매우 마음이 아팠습니다.

원장님! 아직 생존해 계셨더라면 우리 매창사우회 회원들과 함께 부안의 아름답고 자랑스런 마실길과 새만금방조제에 가서 낙조 촬영을 할 수 있었을 것입니다.

고故 김민성 원장님!

　서거逝去 10주년을 맞이하여 그냥 지나가기가 너무 아쉬워서 졸필이나마 추모의 글월을 올리오니 부디 천국에서 편안히 지내시기를 간절히 기도드립니다.

진을주 시인님을 추모하면서

어느덧 2015년 새해가 밝아왔다.

매년마다 연말이 되면 마지막 지는 낙조落照를 보기 위하여, 또는 신년이면 새해에 떠오르는 첫날의 일출日出을 보기 위해서 많은 인파가 바닷가로, 산 위로 몰려든다.

나의 고향은 전북 부안인데 삼三면이 바다로 에워싸여 있어서 낙조와 일출을 촬영하기 위하여 사진 애호가들이 많이 찾아가는 곳이다.

나는 어린 시절 고향에서 자랐고, 20대가 되어서야 서울로 와서 뒤늦게 공부를 하게 되었으며, 직장생활까지 하다 보니 36년이란 세월이 흐른 뒤에서야 다시 귀향해서 10년간(1995. 6~2005. 7) 고향에서 살았다.

그러다가 또 다시 서울로 와서 손자들을 돌봐주다 보니 어느덧 10년이 되어간다. 지금까지 지내온 길을 되돌아 볼 때, 귀향해서 10년간의 생활이 가장 보람되고 즐겁게 보낸 시간인 듯하다.

대학 강의도 나갔고, 부안문협 회원이 되어서 문인으로 활동도 하며 수필집도 발간했고, 사진동호회 회원들과 바닷가로 산으로 들로 다니면서 많은 사진을 찍기도 했다.

내가 서울에서 한국여성개발원 재직시에 점심시간을 이용하여 진을주 시인님의 사모님이신 김시원 선생님께서 사군자四君子 지도를 해 주셨다.

그 인연으로 진 시인님을 알게 되었고, 가끔 뵐 수 있는 기회가 있었다. 김시원 선생님은 나를 문단으로 등단할 수 있게 한 안내자이시기도 하다. 그래서 부안에 가서 문인들과 쉽게 어울릴 수 있는 영광이 있었다고 본다.

진을주 시인님은 조용하시고 온화하신 분이셨고, 진씨답게 항상 진지하신 표정이셨던 것으로 추억에 남아있으시다.

1999년 12월 31일!

부안에서는 새천년을 맞이하기 위해서 큰 잔치가 있었다.

바로 그 잔치에 동참하기 위하여, 진을주 시인님 내외분과 문인들 일행이 내려오신 것이다. 그 당시 부안문화원 원장님이던 김민성 시인님께서는 매우 반가워하시면서 손님맞이를 해 주셨다.

격포 바닷가에 있는 횟집으로 일행을 안내하시고 맛있는 식사를 대접하셨다. 김민성 시인님은 부안의 교육발전과 문화사업에 큰 공로를 세우신 부안의 대들보 같으신 분이셨다.

그리고 우리 일행은 솔섬이 있는 상록해수욕장 바닷가로 가서 1999년도 마지막 지는 해를 감상하게 되었다. 마침 구름이 끼지 않은 좋은 날씨여서 이글거리는 불덩이처럼 타오르는 듯한 낙조를 감동스런 기분으로 바라보면서 모두 감탄사를 연발했었다.

누군가 말하기를 "해는 지는 해가 더 아름답다"라고 했듯이 정말 영원히 잊혀지지 않는 아름다운 광경이었다.

멋진 낙조를 보려면 3대가 좋은 일을 해야 볼 수 있다는 전설이 있듯이 운이 좋아야 그런 아름다운 모습을 감상할 수 있다.

우리 일행은 아름다운 낙조를 감상한 후 내소사로 발길을 옮겼다.

내소사에서는 새천년을 맞이하는 음악축제가 있었다.

내소사가 생긴 유사 이래 그렇게 많은 인파가 몰려든 것은 아마 처음이 아니었을까?

추운 겨울 날씨인데도 불구하고 새천년을 맞이하는 기념 축제여서 추위도 잊고 모든 이들의 얼굴에는 밝은 미소가 감도는 듯해 보였다.

다양하게 구성된 축제를 감상하고, 드디어 자정子正이 되어 2000년대로 넘어가는 영零시를 알리자, 우리 일행은 서로 서로 손을 잡고 새천년맞이를 축하해 주었다.

그 순간의 감동적인 느낌은 벌써 15년이 지났는데도 엊그제 일처럼 생생하게 떠오른다. 그 때만 해도 진을주 시인님도 김민성 시인님도 건강하셨는데, 이제 두 분은 떠나시고 안 계신다.

진 시인님께서 떠나신 지는 이제 4주년이 되어가지만, 함께 점심식사를 나눈 지도 얼마 안 되는 듯한데, 4년이라니….

정말 세월은 유수와 같다더니, 엊그제 같은데도 4주년이라니 믿어지지 않는다.

　진 시인님은 고창의 자랑스런 보물이시다. 왜냐하면 보물처럼 소중한 많은 작품을 남겨두셨기에….

　진을주 시인님을 진심으로 삼가 추모하면서, 천국에서 편안히 쉬시기 바라옵니다.

(2015년도)

박문채 선배님, 편히 쉬세요

박문채 선배님! 인간의 능력으로는 한 치 앞도 내다보기 힘들다는 그 어느 분의 말대로, 너무 갑자기 허무하게 떠나셨습니다.

혈압이 정상이 되었다고 혈압약 복용을 중단했더니, 3일만에 한쪽 발에 마비증세가 나타나서 긴 투병생활하시느라고 고생 많으셨습니다.

병원과 집, 꽉 막힌 공간 속에서 책과 펜을 친구삼아 지내시더니, 결국 한쪽 발에 의지하다가 넘어져서 뇌진탕이란 복병에게 당하셨다니, 정말 너무 충격적인 소식이었습니다.

대부분 60이 넘으면, 혈압이 높거나 낮거나 정상이 아니어서, 의사의 처방에 따라서 규칙적으로 약을 복용하지 않으면, 돌발사태가 나타날 수 있음을 선배님께서 교훈으로 남겨주셨습니다.

선배님께서는 몸이 불편하시면서도 항상 의연한 자세로 앉아서 손님을 맞이하셨고, 성경책을 옆에 놓고 수시로 읽고, 시조를 써서『부안저널』에 매호마다 발표하셨지요.

그뿐만 아니라 우리 고장의 전설적인 숨은 얘기들을 발굴해내는 향토사학자이시며, 예의를 준행하는 효사상이 투철하시어서 족보 연구에도 심취하신 분이셨습니다.

요즘 세상에서는 보기 드문 우리 고장의 숨은 한학자로서 종친회장으로, 우리 하서초등학교 총동창회장까지 역임하시면서 젊은이들에게 길잡이 역할도 해내시었습니다.

'시작이 반'이라고 하지요. 처음 개척하는 일이 힘들고 어려운 역할인데 그런 일들까지 마다않고 이끌어 오신 우리 고장에 기둥 같으신 어른이셨습니다.

너도 나도 잘 살아 보겠다고 고향을 등지고 떠났지만 선배님은 태어난 마을에서 평생을 살다 가시었으니, 바로 고향의 파수꾼 같으신 분이라고 생각합니다.

누구네 집 선조가 어떠시고, 그 집안 자손들이 어떻게 살고 있고, 주변 마을 역사가 어떻고 등등 말문이 열리시면 끝없이 이어지시던 그 달변을 앞으로는 듣지 못하게 되었습니다.

조금만 더 살다 가시었더라면, 우리 고장 향토사에 관한 좋은 자료들을 잘 정리해 두고 가셨을 텐데, 많은 자료를 수집해 놓으시고 완성을 못한 채 떠나셨으니 그 점이 매우 안타깝습니다.

결혼하실 때 있었다던 에피소드가 생각납니다.

장인 되실 어르신이 사위 후보감을 선 보시고 딸에게 하신 말씀이 "그 총각 손을 보니 일할 사람이 아니더라. 그 집으로 시집가면 일 안 하는 남편과 살아야 되니, 몸은 고되고, 고생은 되겠지만, 처자식 굶기지는 않겠더라"고 하셨다지요?

그러니까 천성이 학문을 탐구하는 학자로 태어나셨는데, 가난한 농가에서 태어났기에 그 뜻을 마음대로 펴보시지도 못했지만 늘 한서를 탐독하시면서, 글을 쓰시며 사셨으니 그런대로 만족하시면서 살다가 가신 어른이라고 해도 틀린 평은 아니겠지요?

그 못된 중풍이란 요괴가 한쪽 발만 마비시켰고, 두 손과 두뇌활동에는 아무런 지장이 없기에 계속 글을 쓸 수 있다고 웃으면서 얘기하셨죠?

이제 더 이상 그 정감어린 추억이 묻어난 고향냄새가 물씬 풍겨나는 선배님의 시조를 감상할 수 없게 되어 마음 한쪽이 비어 있는 듯합니다.

선배님, 불편한 몸으로 외출할 때엔 타인의 도움이 없으면 차에 오르고 내릴 수도 없다고 하셨지요. 이제 그 불편했던 생활에서 벗어나셨으니 저 높은 천국에서 자유롭게 훨훨 날아다니십시오.

향토사학자로, 족보연구가로, 열심히 탐구영역을 찾아 매진하시면서 청호공소회장(천주교)으로 종교 활동도 활발하게 하셨고, 종친회장, 초등학교 총동창회장까지 맡아서 폭넓게 대외 활동을 하시었죠.

1995년 중반에 제가 명예퇴직을 하고 귀향했을 때, 선배님께서 매우 반가워 하셨고, 자전거를 타고 농원에서 섶못까지 수시로 씽씽 달리시던 그 모습이 엊그제 일처럼 눈에 선합니다.

태어난 고장을 떠나지 않고 사랑하면서 지켜 오신 선배님이야말로

진정 우리 고장의 수호신守護神 같은 분이셨습니다.

　선배님!

　긴 투병생활에서 벗어나셨으니, 이제 모든 것 다 잊으시고 천국에서 편히 쉬시기를 기도하옵니다.

복녀 할머니

눈 깜작할 사이 세월은 흐르고 흘러 내 청춘은 온데 간데 없이 사라지고 할머니란 호칭만 들려온다.

집안에서도, 집밖에 나가도 할머니 소리만 들리는데, 누군가 '아주머니' 라고 부를 때는 기분이 좋아진다.

마트나 슈퍼에 가면 점원이 '언니' 라고 부르기도 하는데 나도 모르게 입가에서는 미소가 흘러나온다.

며칠 전에 고향에 내려갔다가 함께 교회를 다녔던 '김희정 집사님' (85세) 장례식장에 다녀왔다. 윤경숙 목사님께서는, 그 집사님은 '복녀福女 할머니' 라고 하셨다.

8남매(6녀 2남)를 낳으신 그 분은 슬하에 자손이 총 38명이라는데 모두 어머니, 할머니께 극진히 효도하는 자손들이라고 소문이 자자했다.

자녀들은 결혼해서 고향을 떠났지만 번갈아가면서 수시로 부모님을 찾아뵙고 있으며, 십여 년 전에 할아버지께서 떠나시고 할머니 혼자 사셨다.

서서히 몸이 약해지시면서 병원 출입이 잦아지니, 8남매가 가족회의에서 합의하여 어머니께 '도우미' 아주머니를 보내어 함께 지내게 해드렸다.

아들집이나 딸집에 가서 잠시 머물다 오는 것은 괜찮으나 고향집을 떠나서 타향에 가서 산다는 것은 노인들에게는 쉽게 적응하기 어려운 일이라고 본다.

바로 그 할머니 집 가까이 살던 할머니 한 분은 몸이 너무 쇠약해지시자, 서울 사는 아들이 집을 팔고 모셔 갔다.

그런데 1주일 만에 아들 몰래 시골로 내려오셨다는 것이다. 살던 집은 이미 전기와 수도가 끊긴 상태이고, 침구나 살림도구도, 먹을거리도 없는 집에서 어떻게 살 수 있겠는가!

이 집 저 집으로 돌아다니시다가 아들이 다시 모셔 가고 말았다.

이웃마을에 어느 어르신은 아들이 오랫동안 살았던 초가집을 헐어 내고, 그 자리에 새 집을 지었는데 치매증세가 약간 있으신 그 분은 새 집은 우리 집이 아니라고 집을 찾아간다면서 밤중에 몰래 가출을 하는 바람에 경찰 도움을 얻어 이곳저곳 헤매시는 어머니를 찾아서 모셔오곤 했다.

위의 두 사례를 보면, 나이 드신 어른들에게 환경이 바뀌게 하는 것은 좋지 않다는 교훈을 일깨워주고 있다. 직장에서 후배였던 K는 어머니를 모시고 독신으로 살고 있다.

내일 모레면 90세가 되시는 어머니께서 치매증세가 나타나 혼자 집안에 계시게 할 수 없기에, 월요일에서 금요일까지는 요양원에 살게 해 드리고, 주말이면 집으로 모셔온다고 한다.

그런 상황에서 몸에 종양이 생겨서 대수술을 했는데, 병원에서 퇴원하시자마자 요양원 친구들한테 가고 싶다고 성화여서 다시 입원할 수밖에 없었노라고 했다.

부모님들이 자녀 집에 가서 함께 살기를 원한다면 당연히 모셔가야 되며, K의 어머님처럼 요양원을 좋아하시면 입원시켜 드리고, 고향마을을 떠나기 싫어하시면 복녀 할머니처럼 '도우미'를 보내 돌봐드리는 것이 좋은 방안이라고 본다.

자녀들이 경제적으로 능력이 없다면 어쩔 수 없이 아파트로 모셔다가 거실에서라도 사시게 할 수밖에 없겠지만 가능하다면 부모님께서 원하시는 대로 해 드리는 것이 바로 효도가 아닐까?

복녀 할머니와 마지막 함께 지낸 도우미는 중국 교포인데 그동안 스쳐 간 다른 여인들보다 할머니를 정성껏 모셨다고 한다.

할머니 몸에서 비누향이 풍겨 나오게 항상 깨끗이 씻겨 드렸고, 집안 청소나 정리정돈도 잘 되어 있어서 할머니께서 매우 만족해 하셨다고 한다.

똑같은 조건으로 채용하더라도 성의가 부족한 사람한테 도움을 받으면 불편을 느낄 것이다.

떠나시는 날 저녁식사까지 하시고 자신이 걸어서 차에 오르시고 편도선염으로 병원에 가시다가 차 안에서 목사님 기도를 받으면서 편안하게 눈을 감으셨다니 복녀福女라고 할 수밖에 없다.

　김희정 집사님! 아니 복녀 할머님! 떠나시는 순간에도 고통 없이 기도를 받으시면서 눈을 감으셨다니 천국에 가셨을 줄 믿습니다.
　천국에서 편히 쉬시기를 기도합니다.

6부

고향냄새

만물이 생의 찬가를 부르는 풋풋한 계절, 오월이다.

서울에서 외손자를 돌보아주느라 서울생활을 하다가 주말이나 종
종 고향에 내려오는데 고향에 가까이만 와도 내 마음은 마치 어머니
를 만나러 올 때처럼 포근해진다.

내 고향은 10년 전이나 20년 전이나 다름없이 변함없는 옛 모습 그
대로여서 그 점이 내게 더 정감을 느끼게 하는지도 모른다.

요즘은 고향에 와도 겨우 하룻밤 머물다가 가는데 오늘 아침에는
잠에서 깨어나니 콧속으로 신선하고 쾌적한 냄새가 스며들어와서 나
를 깜짝 놀라게 했다.

실로 오랜만에 느껴보는 향긋한 고향냄새다.

석불산 입구에 들어설 때나 개암사 뜰에 들어서면 소나무 향이 온
몸에 전율처럼 느껴지고, 내소사 입구에 단정이 줄지어 서 있는 전나
무 길에 들어서면 강렬한 전나무 향기가 머릿속까지 청결하게 씻겨주
는 것 같아서 상쾌한 기분이 된다.

서울에 사는 한 친구는 내소사의 전나무 향기를 음미하기 위해서

일부러 가끔 찾아온다고 했다.

오월은 일 년중에서 가장 아름다운 계절이면서 춥지도 않고 덥지도 않은 알맞은 기온에 모든 식물이 파랗게 잎사귀를 나풀거리면서 너울너울 춤을 추고, 다채로운 꽃들이 활짝 피어 웃는 화려한 계절이기도 하다.

특히 어린이날 어버이날 스승의 날이 끼어 있고, 각종 행사가 많은 달이기도 하며, 결혼식이 많이 있어서 오월의 신부들이 축복받는 축복의 달이기도 하다.

농촌은 5월이 퍽 바쁜 계절이다.

각종 씨앗을 뿌리고 심고, 보리 수확과 모내기가 시작되니까 퍽 활기가 넘치고 희망찬 시기라고 본다.

도시에서는 수많은 차량들이 뿜어내는 퀘퀘하고 시커먼 매연에 휩싸여서 깊은 숨을 들여마시기가 불편하지만 농촌에 내려오면 가슴 속 깊숙이까지 숨을 들이켜도 뻥 뚫린 것처럼 시원하다.

우리집 귀염둥이 외손자는 어린 아기가 아토피란 피부질환 때문에 가려움증에 시달려서 밤에도 숙면을 못하고 수차례씩 잠에서 깨어 긁어달라고 보채는데, 혹시 부안에 와서 깨끗한 물과 맑고 상큼한 공기를 마시게 되면 그 지긋지긋한 가려움증이 치유될 수 있는 것은 아닌지…….

나의 은근한 제안에도 불구하고 아이는 부모의 손에서 자라야 한다는 철칙 때문인지, 아니면 내가 너무 힘들까 봐서 사양하는 것인지 할머니 혼자서 돌보는 것은 불안하기도 하고 힘든 일이라면서 내 의견에 선뜻 동의를 하지 않는다.

아이가 조금 자라면 자연히 치유될 수도 있다지만 그 시기가 언제가 될지는 아무도 모를 일이다.

본인 의사를 분명하게 표현할 나이라면 외할머니 고향에 가서 지내보겠노라고 말할 수도 있겠지만 이제 33개월짜리가 그런 의사표시를 할 수도 없으니 안타깝기만 하다.

아침에 일어나서 싱그럽고 풋풋한 고향냄새를 맡으면서 외손자가 이 공기를 마시면 아토피가 깨끗하게 치유될 것 같은 예감이 들었다.

가슴 속까지 펑 트이는 상쾌하고 쾌적한 이 맑은 공기를 나 혼자 마시기에는 너무 아까워서 다음에 내려올 때는 꼭 아이를 데리고 와서 며칠간 머물면서 상태를 관찰해 보고 싶다.

그뿐인가! 맑고 깨끗한 부안댐 물을 마시게 하고 그 물로 씻겨준다면 까칠한 아기 피부가 매끌매끌한 피부로 탈바꿈할 것 같기도 하다.

만약 우리 아기가 부안에 와서 아토피가 치유된다면 기꺼이 부안을 자랑하는 '부안의 홍보요원' 역할을 하도록 할 수 있으련만….

담배 불씨

요즘 나이 탓인지 여기저기가 삐걱거리는 소리가 들린다. 가끔 무릎관절이 시큰거리고 다리가 시리고 저려올 때도 있다.

걸어다닐 때는 통증이 적은데 한 자리에 서 있을 때 그런 증상이 더 나타난다. 그래서 틈만 나면 뒷산의 산책길을 30여 분간 걷기운동을 시작했다.

걷는 동안 이런저런 생각들을 정리하고 추억을 더듬어 올라가기도 하고 미래의 설계를 구상해 보기도 한다.

'걷는 것이 만병통치약'이란 말을 실감하기 위해서 이른 아침에 갈 수 없을 때는 낮 동안에 아이가 낮잠 자는 틈에 산책길을 걷는다.

그날도 손자가 아토피 때문에 밤잠을 설치므로 낮잠을 재우고 뒷산길을 걷다가 교복 입은 중학생 남자애들을 만나게 되었다.

놀랍게도 칠팔 명 되는 학생들 손에는 모두 담배가 들려 있었다. 방금 신나게 담배를 피우다가 그래도 나이든 어른이 나타나니까 담뱃불 든 손을 아래로 내리고 겸연쩍은 표정으로 옆을 스쳐 지나갔다.

남의 일에 간섭하기를 싫어하는 성격이지만 그 광경을 보고서는 차

191

마 그냥 지나칠 수 없기에 한 마디 했다.

"학생들, 담뱃불 조심해요."

"예!" 하고 그들은 좀 쑥스러워하는 태도로 지나쳐 갔다.

그래도 몹시 마음이 걸려서 불안하기만 했다.

아직 풀도 나지 않은 이른 봄인데 봄 가뭄으로 숲속이나 길바닥에 수북이 낙엽들이 쌓여 있으니 만약 담배 불씨 하나라도 낙엽 위로 떨어진다면 생각만 해도 끔찍한 상상의 날개가 나를 불안의 소용돌이로 몰아넣었다.

소방도로도 없고 산 주위에는 민가들이 빈틈없이 삥 에워싸여 있는데…. 그때 학생 하나가 헐떡거리면서 앞에 간 친구들을 찾아 뛰어오기에 "학생, 친구들에게 담배 불씨 조심하라고 해요. 담배 불씨가 산에서 얼마나 위험한 줄 알지? 요즘 여기저기서 산불 소식 들었지?"

"네, 알겠습니다."

대꾸는 시원스럽게 하면서 달려갔지만 친구들에게 잘 전달해 줄지….

초등학생까지도 담배를 피운다는 소식은 들었지만 중학생들이 집단으로 담배 피우는 모습을 직접 목격하게 되니 뭔지 가슴이 철렁하는 느낌이 들었다.

왜 아이들이 그런 상황이 되었을까?

공부 때문에 스트레스가 쌓여서 그 돌파구로 담배를 피우는 것일까?

이 생각 저 생각을 하다 보니 몇 년 전에 고향마을 뒷산에서 본 산불 생각이 떠올랐다.

어느 농부가 논두렁의 잡초를 태우다가 불씨 하나가 산 위로 날아가서 산이 온통 불바다로 변해 버렸다.

산 아래에 있는 마을 가까이 화마火魔가 붉은 혀를 널름거리면서 접근해 올 때, 마을 사람들은 발을 동동 굴르면서 집 주변에 물을 뿌리기도 했다.

다행히 가까운 곳에 '청호지' 가 있어서 헬리콥터 두 대가 물을 날라다가 공중에서 뿌린 덕에 마을로 내려오려던 불길을 멈추게 하는 구세주 역할을 해냈다.

바람이 불 때면 불씨가 마치 불새처럼 멀리까지 휙휙 날아가는 모습은 소름이 끼칠 정도로 공포감을 불러 일으켰다.

최근 조사된 자료를 보니 초 · 중 · 고등학생들에게 금연교육을 아무리 시켜봐도 흡연율이 크게 줄지 않는다고 한다.

특히 숨어서 피우는 담배는 위험성이 더욱 높다고 본다.

산책길을 되돌아오면서 보니 길바닥에 담배꽁초가 수두룩했다.

학교에서는 학생들에게 좀더 적극적으로 금연교육을 시켜야겠고, 성인들에게도 아무곳에나 담배꽁초를 내던지는 무례를 범하지 않도록 환기시키는 대중매체를 통한 교육도 병행되었으면 좋겠다.

역지사지

역지사지易地思之란 '다른 사람과 자신의 처지를 바꾸어서 생각하라' 는 의미이다.

10여 년 전에 대학에서 여성학女性學 강의를 하면서 가사운동家事勞動에 관하여 강의를 할 때면 칠판에 크게 '易地思之' 라고 써놓고 강의를 시작했다.

우리 문화文化는 오랫동안 남존여비男尊女卑 사상이 깊게 뿌리 박혀 있어서 남녀의 역할이 분리되어 있었다. 즉 남성은 밖에서 일을 하고, 여성은 집안에서 일을 하는 것으로 되어 있어서 남자들, 특히 아들은 부엌에 들어오지도 못하게 하는 어머니들이 많았다.

그러나 요즘은 남녀 모두가 학력이 높아지고 함께 사회활동을 하면서 맞벌이를 많이 하고 있다.

그런데 여자라고 해서 집안일을 전담한다면 체력과 능력과 시간이 따를 수 없을 것이다.

요즘 현명한 어머니들은 아들에게 어릴 때부터 가사 일을 시킨다.

이 다음에 결혼해서 며느리에게 원망 듣지 않으려고 미리 가사 일에 참여시켜서 훈련을 시키는 것이다.

여자가 요리를 잘 하고 남자는 못 한다고 착각하고 사는 사람들도 많지만 고급 음식점에서 요리하는 일류 요리사는 거의가 남자라는 사실은 누구나가 아는 사실이다.

얼마 전에 고향에 갔다가 초등학교 동창인 김연술 씨를 만났다.

그는 중학교 교사로 근무했고 교장으로 정년퇴직했다.

퇴직 후에 갑자기 뇌경색으로 쓰러진 후 한쪽 손과 다리가 마비되는 불행한 일이 발생했다.

그러나 김 교장은 그 후부터 지금까지 꿋꿋하게 버티면서 15년간 왼손 하나로 운전을 하면서 부안에서 전주, 익산, 예산까지 수시로 나들이를 다닌다고 한다.

그뿐인가!

3백 평이 넘는 집안 뜰에는 갖가지 나무를 심어서 꽃이 피고, 열매를 맺고, 새들이 날아 들고…. 텃밭에는 각종의 채소 씨를 뿌리고 심고 가꾸어서 밥상에 오르게 하고, 김장도 하고…. 쉬지 않고 움직이면서 활동하는 모습이 놀라울 정도이다.

김 교장은 힘들고 불편하지만 운전하면서 나들이 다니는 것이 산보람을 느낀다고 했다.

그런데 그가 전주까지 운전해서 동창 모임에 찾아가면 친구들이 이구동성異口同聲으로 "왜 운전해?" "힘들고 위험한데…?"하면서 이러쿵저러쿵할 때면, 친구 생각해서 그런 말을 하는 줄은 알지만 불쾌하다고 했다.

"만약 힘들다고 외출도 못하고 집안에서 앉았다 누웠다만 한다면 그 얼마나 답답하고 서글픈 일인가?" 하면서,

"자신들이 나와 똑같은 상황에 처한다면 집안에 처박혀서 살 것인가?"라고 했다.

당당한 그 모습이 참 보기 좋았다.

초등학교 동창인 주순애 여사!

그녀는 9남매를 낳아 키운 장한 어머니다. 9남매를 키우느라고 얼마나 눈코 뜰 사이도 없이 자녀들에게 매달려 살았을까!

그러나 이제는 허리 다리가 아파서 지팡이를 짚고 다녀야 하므로 동창 모임에 나오라고 하니까

"지팡이 짚고, 창피해서 못가" 하면서 거절했다.

김 교장에게 주 여사 얘기를 하면서,

"친구들 사인데, 뭐가 어때서 그래? 다들 이해할 텐데…" 했더니,

김 교장은 정색을 하고

"그녀의 입장으로 돌아가서 생각해 봐요. 본인이 창피하다고 느끼면 창피한 것이지…. 나더러 불편하고 힘들 텐데, 왜 운전하고 나오느냐고 친구들이 말할 때 나는 불쾌해요. 주순애 씨도 그녀 입장에서는 창피해서 싫다면 그런 거지…. 역지사지 입장에서 생각해 봐야지…."

김 교장의 말을 듣고 보니 친구 입장을 전혀 생각지 않고 무조건 나오라고 했던 것이 잘못했다는 생각이 들었다.

무슨 일이든지 내 입장보다 상대방의 입장을 배려하면서 입장을 바꿔서 생각해 본다면 서로 오해도 불쾌감도 적어질 것이다.

남녀의 역할뿐만 아니라 부모 자식 간에도, 부부 사이에도, 형제 자매나 친척 간에도, 직장에서 동료 사이에서도 역지사지를 생각해 보면서 내가 싫은 것은 남에게도 하지 말고, 상대방을 우선 배려한다면 우리 생활이 오해도 적어지고 훨씬 아름다운 삶이 되지 않을까?

(2015년도)

제2의 도전

내 인생은 '도전挑戰의 연속' 이었다고 생각된다.

어릴 때 사춘기 시절, 나의 꿈은 주위에서 제일 좋아 보이는 것이 초등학교 교사였기에 선생님이 되고 싶었다.

그래서 시집을 갈 나이가 되고 중매쟁이가 들락거리고 어머님이 시집가라고 타일러도 물리치고 서울 검정고시 학원을 찾아 나섰다.

시집 보낼 준비금으로 공부해서 내가 벌어서 시집가겠노라고 하면서…. 그렇게 억지로 떼쓰면서 공부하다 보니 꿈이 커지고 말았다.

법학을 전공해서 법관이 되어보겠다는 야망을 품게 된 것이다.

어찌 보면 돈키호테 같기도 했고, '불가능이란 없다' 고 큰 소리쳤던 나폴레옹 같기도 했다.

꿈을 향해서 도전하다 보니 아까운 내 청춘은 날아가 버렸다.

딸의 떼쓰듯이 달려든 억지 공부에 그 뒤를 밀어주느라고 끌려다니시면서 손 지문이 다 닳아지셨던 어머님!

1960년도부터 노점상을 시작하신 어머니께서는 제일 먼저 하신 장사가 엿장수이셨다.

서울역 옆에 있는 염천교 다리 곁에 엿공장에서 엿을 한 판씩 사다가 잘게 잘라서 팔기 시작하셨다.

"한석봉의 어머니는 떡을 팔아서 아들 공부를 시켰다는데 나는 엿을 팔아서 딸 공부시키는구나" 하시면서 웃으시던 어머님!

서서히 노점에서 팔던 품목의 가짓수가 늘어나서 사과도 팔고, 감자도 깎아서 팔고, 옥수수도 삶아 팔고….

대학을 졸업하고 뒤늦게 취업할 때까지 만 10년간을 어머님은 노점상을 하셨다. 나는 어머님께 눈과 비바람 속에서 모진 고생을 겪게 한 철면피 같은 딸이었다. 효도도 제대로 못해 보고 불효만 했던 딸이기도 했다.

나의 여건에 맞지 않는 공부를 한답시고 능력에 맞지 않는 욕망 때문에 어머님을 희생시킨 불효막심한 딸이었던 것이다.

때늦은 후회를 한들 무슨 소용 있겠는가!

이제 어머님께 사죄드릴 수 있는 길은 묘소에 찾아가서 엎드려 빌어보는 일뿐이리라!

이것이 바로 부끄러운 나의 과거사이기도 하다.

그런데 요즘 나에게 다시 제2의 도전이라 할 수 있는 꿈이 생겼다.

10대에 발생했던 도전의 병이 또 뒤늦게 나타난 것인가!

이룩해 낼 수 있는 꿈인지 아니면 고시공부처럼 헛물만 켜다 마는지는 알 수 없는 일이다.

대학 1학년 1학기 때 나는 외국어 공부를 몇 가지 했었다.

영어와 독일어는 대입시험 준비용이었지만 대학에 들어가서는 돈 안 내고 도강할 수 있어서 중국어와 불어를 했다.

재미있었다. 그런데 2학기가 되니 전공과목 공부와 겹쳐서 할 수가 없기에 손을 들고 말았다.

일본어는 직장생활하면서 일본 갈 기회가 있게 되어서 학원에 다니면서 했다. 간단한 회화 정도는 가능했는데 오랫동안 덮어버리니 모두 도루묵이 되고 만 셈이지만….

2013년 6월 중국어에 도전해 보기로 결심했다. 49년 만의 재도전再挑戰이다.

얼마 전에 중국에 유학하고 온 젊은이를 만나서 중국어가 발음도 까다롭고 어렵지 않았느냐고 물어 보았더니 가볍게 대답했다.

"중국어는 영어보다 쉽고 한자 3000자字 정도 알면 약 6개월 정도만 해도 쉽게 배울 수 있다"는 대답이었다.

나는 그 말에 용기를 얻었다. 독학으로 공부했지만 한자에는 자신감이 있기에!

요즘 피아노 레슨 받느라고(2012~3년부터 시작) 스트레스를 많이 받고 사는데, 거기에 중국어까지 도전해 보겠다고 팔을 걷고 나섰다.

나는 중국 만주에서 태어났다. 태어난 지 3개월 만에 떠나가신 아버지의 유해가 그곳에 아직도 보존되어 있으리라고는 생각하지 않지만, '100분의 1'이라도 가능성은 있다고 믿고 찾아가 보려고 한다.

내가 건강할 때 찾아보지 않는다면 이 세상을 떠날 때 가장 크게 후회되는 일이 될지도 모르기에….

 아버지가 안 계셨기에 겪은 슬픔과 고통은 다 뒤로 하고 이 세상에 태어나게 해 주신 것만으로도 감사드리면서 그 보답으로 멀리 타국에 묻혀 계신 아버지의 유해를 찾아 나서기 위해서 '제2의 도전'으로 중국어를 택하게 된 것이다.

 그리고 언젠가 고향에 가서, 새만금 단지가 번창하여 중국 관광객이 몰려오면 중국어 통역 자원봉사활동도 해 보고 싶기에….

쑥국

1950년 6.25를 거쳐 온 세대라면 대부분 쑥국에 대한 애틋한 향수를 느낄 것이다.

6.25란 극한상황이 닥쳐오기 전에도 농촌에 살던 우리네들은 보릿고개를 벗어나기 힘겨운 시기였는데, 6.25의 참상을 겪고 난 직후에는 씨앗까지도 먹을 수밖에 없을 정도로 가난 속에서 허우적거렸던 시절이었다.

여기저기서 굶주리다가 지쳐서 죽었다는 소문이 나돌았고, 실제로 우리 마을에서도 영양실조로 부황浮黃이 나서 누렇게 부은 얼굴로 다니는 어른들을 보았다.

산과 들에는 나물바구니를 옆에 끼고 나물 캐러 다니는 꼬마들로부터 어른들에 이르기까지 옹기종기 떼를 이루어 몰려 다녔지만 매일 찾아다니니 뜯어다가 먹을 풀조차 구하기 어려웠다.

그때 정부에서는 저소득층 국민들의 부황을 조금이나마 예방하기 위해서였는지 집집마다 쑥 뿌리를 캐다가 심어서 쑥국을 많이 먹도록 권장했다.

우리도 집 뒤에 있는 장독대 옆 밭 언덕에 쑥 뿌리를 심어서 가꾸었고, 그 덕에 우리 가족이 보릿고개를 무사히 넘겼는지도 모른다.

그 당시에도 간장, 된장은 여유가 있었던지 멸치 꼬리 하나 없이 맨 된장을 풀어 끓인 쑥국이지만 우리네 영양식이 된 셈이다.

그 후 서울생활을 하게 되면서 시장에 갔다가 쑥을 파는 아낙네들을 볼 때마다 어린시절에 허기를 면케 해 준 쑥국에 대한 애틋한 향수에 젖어들곤 했다.

비록 배고픔과 굶주림의 서글픈 추억이긴 하지만 아직까지도 아름다운 추억으로 연상되기도 한다.

쑥은 이른 초봄에 제일 먼저 싹이 나와서 봄소식을 알리는 나물 중에 하나지만 잘라내면 또 다시 자라나서 가을까지도 먹을 수 있는 나물이기도 하다. 쑥으로는 나물국뿐만 아니라 쑥밥을 해서 먹을 수 있으며, 특히 어머니가 만들어주신 쑥개떡의 맛은 잊혀지지 않는다.

보릿가루나 밀가루를 섞어서 반죽하여 동글납작하게 만들어 밥솥에 넣어 익힌 것을 한 덩이씩 씹어 삼킬 때면 쫄깃쫄깃하고 고소하면서 쑥향기 그윽한 그 맛은 50년이 지난 지금도 잊혀지지 않는다.

오랜 서울생활을 뒤로하고 고향에 온 후 매년 봄이면 나는 쑥을 캐다가 쑥국 맛을 보면서 봄맞이를 한다.

올해도 산언덕 양지바른 곳을 찾아서 쑥을 캐어 쑥국을 끓여서 어머니께 드렸더니 매우 좋아하셨다. 서울에 있는 딸 생각이 나서 서울 가는 김에 조금 가지고 가서 특별히 된장에 멸치 대신 마른 새우까지 넣고 쑥국을 끓였다.

직장에서 돌아온 딸아이에게 특별히 정성을 들여 끓였으니 맛있게 먹어보라고 했더니 매우 행복한 표정이다.

그 때 딸아이의 남자친구로부터 전화가 걸려 왔다. 퇴근하는 길에 예비 장모 후보에게 인사도 올릴 겸 차 한 잔 마시고 갔으면 한다는 것이다.

요리솜씨도 별로 없고 손님 접대에 부담은 되었지만 오고 싶다는 손님에게, 특히 백년손님이 될 후보자에게 박절하게 거절할 수 없어서 동의를 했다.

간단히 김밥을 말고 그 쑥국을 내놓았다.

그 친구는 시장했던지 태어나서 처음 맛보는 쑥국이라면서 금방 한 그릇을 비웠다. 정말 맛이 있어서 잘 먹는 줄로 오해한 예비장모 후보는 한 그릇을 더 퍼 주었다. 두 번째도 빠른 속도로 먹었다.

준비한 다른 음식이 별로 없었으므로 쑥국으로 모면하려 했던지 사양하는 데도 불구하고 세 번째로 국그릇을 채워주었다. 그러자 수저가 머뭇머뭇하면서 국그릇가에서 주춤거리면서 주저하는 눈치다. 안 먹어도 좋으니 억지로 먹지 말라고 했더니

"네, 더 이상은 배가 불러서 먹지 못하겠습니다" 하면서 수저를 내려놓았다.

국을 끓이고 남은 쑥이 또 있기에 어머니가 좋아하실 것 같으면 가져다 드리겠느냐고 물어 보았더니 좋아하실 것이라면서 가져간다기

에 선물로 보냈다.

며칠 후 딸아이에게 그 쑥을 잘 먹었다는 얘기를 들었느냐고 물어보았다.

"엄마, 그 다음날 아침에 어머니께서 바로 쑥국을 끓여주셔서 먹었는데 저녁까지 계속 먹게 되어 그 친구 쑥국에 질려 버렸대요" 하는 것이었다.

아무리 꿀맛처럼 맛있는 음식도 연거푸 먹게 되면 싫증을 느끼게 마련인데, 처음 맛본 쑥국을 그것도 씁쓸하고 풀 냄새 나는 나물국을 계속 먹게 되었을 때 그 친구 아마 한약이라도 삼키는 기분이었으리라.

쑥국이나 냉이국, 달래무침 등은 50년대를 거쳐 온 기성세대들에게는 향수가 서린 음식물이 될 수 있겠지만 요즘 젊은이들의 입맛은 인스턴트 식품과 서구화된 입맛으로 길들여져서 우리 고유의 청국장을 냄새 맡는 것 자체도 싫어하지 않는가!

그 친구에게 또 다시 쑥국을 내놓을 기회가 생긴다면 어떤 표정을 지을까?

환한 미소를 띤 밝은 표정을 보일는지 아니면 두 손을 번쩍 들고서 "쑥국만은 사양하겠습니다"라고 용기 있게 말할 수 있을는지, 겸연쩍은 표정으로 뒤통수만 만질는지 궁금해진다.

아무리 좋은 음식이라도 그 참맛을 아는 사람만이 그 진가眞價를 느낄 수 있을 것이다.

금줄

마을 골목길을 지나다 보니 굳게 닫힌 철대문 위로 '금禁줄'이 늘어져 있다.

40여 년만에 보는 반가운 풍경이다. 아들을 낳았는지 새끼줄에는 빨간 고추 몇 개가 배시시 미소 지으면서 검정 숯덩이와 사이좋게 나란히 끼여 있고, 중앙에는 짚을 한 줌 비틀어서 매어 달았는데 밑동을 단정히 잘라내어 멋스러워 보였다.

금줄은 외부인의 출입을 금지한다는 경계의 표시이다.

우리 고장에서는 금줄을 '쌈줄'이라고도 하는데 젊은이들은 별로 그 말을 들어볼 기회도 없었을 것이다. 왜냐하면 70년대 이후부터는 대부분이 출산은 병원에 가서 의사와 간호사의 손길로 공개된 장소에서 아이가 태어나니 금줄이 필요 없을 테니까.

요즘은 태어나면 즉시 낯선 간호사가 씻기고 옷을 입히고 신생아는 모유母乳보다는 간호사가 물려주는 우윳병을 먼저 빨아먹는다.

금줄이 늘어져 있는 이웃집에는 분명히 40대 중반은 넘었을 듯한 부부가 살고 있고, 그 부인의 배가 불러 있는 모습을 본 적이 없는데 누가 아기를 낳았을까 궁금했다.

집에 와서 어머니께 "저 뒤에 있는 원태 친구집에 '금줄' 이 걸린 것을 보니, 누가 아기를 낳은 모양인데, 혹시 그 집 시동생의 부인이 산후産後 몸조리를 하러 온 것 아닐까요?" 했더니, "그 집에 대학 다니는 아들이 가끔 여자친구와 손을 잡고 다니던데 그 여자친구가 아기를 낳은 것 아닐까?" 하신다.

"설마 어린애들이 벌써 애를 낳았겠어요?" 하면서 나는 고개를 갸우뚱거렸다.

마침 그 옆집에 사는 아주머니를 만나서 "집에 누가 아이를 낳았습니까?" 하고 물어 보았더니 "그 집 대학생 아들 있잖아? 그 애인이 아들을 낳았는데, 애 아빠가 좋아서 입이 벙긋벙긋했대."

그 대학생은 지금 군軍 복무중인데 5년 전에 성급하게 천국으로 가버린 우리 아들 원태의 중학교 때 친구다.

원태가 살아있었다면 그 녀석도 여자친구가 있을 테고, 나도 원태 덕에 할머니가 되었을지도 모른다는 터무니없는 환상에 빠지면서 눈가에 이슬이 맺혔다.

50년대, 60년대까지도 농어촌에 사는 여성들은 해산解産을 집안에서 했다. 그 당시 우리네 어머니와 할머니들은 진통이 시작되면 해산경험 있는 친지들의 도움을 받아 안방에서 애를 낳거나 때로는 심한 고통을 겪으면서도 혼자 힘으로 애를 낳고 태胎를 자르는 일까지 했다.

만삭된 몸으로 들에 나가서 일을 하다가 진통이 시작되면 급히 집으로 돌아오다가 길바닥에서 해산하는 사례도 있었다. 사람마다 체질이 다르듯이 진통시에 고통의 정도가 다르다. 좀 고통이 적은 산모도 있는가 하면 3, 4일 이상 진통을 겪다가 기진맥진하여 까무라치는 경우, 그대로 생명을 잃어버리는 사례도 있지 않았던가.

그래서 옛말에 애를 낳으려고 방으로 들어가면서 토방 위에 신발을 돌려놓고 "내가 이 신발을 또 신을 수 있을까" 하면서 들어갔다고 한다. 만학을 하게 된 나는 서울에 올라가 공부하다가 4년 만에 고향에 다니러 왔었다.

그때 서울로 떠나기 직전에 우리 마을로 시집 온 새색시가 있었는데 유난히 상냥하고 표정이 밝고 누구에게나 친절하여 쉽게 친구처럼 지내게 되었다.

그동안 어떻게 지내고 있는지 그 새색시의 소식이 궁금하여 그 집을 찾아갔다. 나를 알아본다면 얼마나 반가워할까. 아니면 못 알아볼까 궁금하기도 했다.

마침 그 집 마루에서는 낯선 여인이 맷돌에 밀을 한 줌씩 넣으면서 돌리고 있었다. 의아해진 나는 말을 선뜻 건네지도 못하고 머뭇거리고 있을 때, 마침 옆집에 살고 있는 그 집 큰며느리가 들어오다가 나를 보고 반가워했다.

어리둥절한 내 표정을 보더니, 무슨 의미인지 알겠다는 듯이 눈짓으로 나를 집밖으로 불러내어 들려준 얘기는 너무나 충격적인 내용이었다.

4년 전에 시집 온 그 새색시는 첫 아이를 해산하다가 3일 동안이나 난산으로 고통을 겪었으나 아기의 머리가 엄마 몸 밖으로 빠져 나오지 못한 채 결국 엄마와 아기는 함께 저세상으로 가 버렸다는 것이다.

그 후 시동생이 재혼하여 맞이한 동서가 맷돌질하는 그 여인이고, 연년생으로 애를 둘이나 낳았다고 했다.

요즘 같으면 119에 구조요청을 해서라도 병원으로 데리고 가서 아기를 낳을 수 있을 테니 산모와 아이가 함께 목숨을 잃는 사건은 발생하지 않았을 것이다.

과거에 우리 조상 여인네들은 그렇게 살다가 더러 죽어갔으며, 목숨을 걸고 아이를 많이 낳아도 아들을 낳지 못하면 칠거지악七去之惡에 걸려서 쫓겨나기도 했던 것이다.

어느 선배 언니는 두 딸을 낳고 세 번째 아들 쌍둥이가 태어나자 너무 기쁨이 넘쳐 그 충격을 이기지 못하여 눈을 감아버렸고, 쌍둥이 아기도 3일 후에 한 명이 먼저 가고, 5일 후에 또 한 아기가 눈을 감고 말았다는 슬프고도 전설 같은 얘기도 들었다.

이웃집 금줄에 매달린 빨간 고추를 보면서 비록 갓 스무살에 애 엄마가 되었다는 그 산모지만, 아들 낳았다고 온 집안 식구들의 입이 쩍 벌어졌다는 소리를 들으면서 아직도 아들을 선호하는 우리 문화를 실감했다.

꼬마야, 부디 건강하게 무럭무럭 자라서 행복하게 살거라.

사과

우리 인간들은 신神이 아니므로 살다 보면 누구나 실수를 범할 수밖에 없을 것이다.

실수란 본의 아니게 저질러진 잘못을 의미하는데, 가장 흔한 예로는 급히 길을 가다가 마주 오는 사람과 어깨를 부딪치거나 발등을 밟게 되는 경우라고 본다.

그러나 자신의 실수에 대해서 상대방에게 정중하게 예의를 갖추어 사과謝過하는 사람은 그리 많지 않다고 보는데, 이웃나라인 일본인들과는 퍽 비교되는 부분이 아닐까?

말없이 목례나 눈인사라도 하면 좋으련만 입을 꼭 다물고, 도리어 '어쩌다가 실수한 걸 가지고, 뭐 크게 다친 것도 아니면서, 사과라도 받고 싶어서?' 하는 듯이 도리어 노려보면서 적반하장賊反荷杖 격으로 도전적인 표정을 짓는 사람들도 있다. 마치 다친 상대방이 잘 피하지 않은 책임이 있다는 듯이…….

직장에 다닐 때 있었던 사례가 갑자기 떠오른다.

그 당시 20대인 K씨는, 지하철을 성급하게 타다가 입구에 서 있던 젊은 여성의 발등을 세차게 짓밟게 되었다고 한다.

고통스럽게 찡그리는 그녀를 보고 미안해서 자신의 실수에 대해서 정중하게 허리까지 굽히면서 사과를 했다는 것이다. 그래도 미안한 마음을 떨쳐 버릴 수 없었기에 차 한 잔 대접하고 싶으니 시간 좀 내 달라고 요청했단다.

어쩌면 그 아가씨에게 첫눈에 반해서 그랬는지도 모르지만, 예의 바르고 진심어린 태도로 사과하는 상대방을 보고 신뢰감이 생겼던지 함께 차를 마시고, 또 만나고 하다가 두 사람은 결혼까지 골인하고 말 았다.

정중한 사과는 몸과 얼굴 표정에 나타나므로 상대방의 기분을 좋게 도 할 수 있고, 감동시킬 수도 있는 법이다.

그러나 대부분 많은 사람들이 길거리에서 슬쩍 어깨를 부딪치면 그 정도야 보통 있을 수 있는 흔한 일이라고 여기고 그냥 뒤도 안 돌아보 고 씽씽 걸어가 버린다.

반대로 예고 없이 맞닥뜨려 놀라고 아픈데도 "죄송합니다" 하면서 다친 편에서 사과하는 경우도 볼 수 있는데, 그제야 머쓱해져서 뒤늦 게 고개를 숙여 사과하는 사례도 있지만, 도리어 고자세로 상대방을 무시한 채, 휭— 지나가 버리는 몰염치한 사람들도 있다.

오늘 나는 할머니로서 5세 된 손자에게 무례를 범했다.

신문을 보다가 옆으로 온 아이를 밀어낸다는 것이 실수로 얼굴에 손이 닿으면서 오른쪽 눈을 스쳤다.

아이가 손으로 눈을 가린 채 가만히 부동자세로 있기에 혹시 다쳤나 하고 놀라서 손을 떼어내고 보니 약간 화가 난 표정으로 할머니를 바라보는데 다친 것 같지는 않기에 다행이다 싶어서 보던 신문을 다시 보고 있었다.

그때 저희 엄마가 집에 들어오니까 엄마 곁으로 다가서더니

"엄마, 할머니가 내 눈 다치게 했는데 사과도 안 해" 하면서 퍽 섭섭하고 불만스런 말투다.

그 말에 나는 깜짝 놀라서 얼굴이 화끈해지고 홍당무가 된 느낌이었다. 얼른 아이를 안아주면서

"미안하다, 사과를 안 해서. 할머니가 잘못했다. 용서해 줘" 하면서 꼬마 볼에 뽀뽀를 해 주고 엉덩이를 다독여 주었다.

그때서야 화가 좀 풀렸다는 듯이 다시 일어나서 장난감을 가지고 놀았다.

이제 다섯 살에 불과한 꼬마지만, 잘잘못은 판단하는 데 할머니가 실수로 다치게 해놓고 사과조차 없으니 매우 섭섭했던 모양이다.

그 순간 어릴 때부터 사과할 줄 아는 태도는 가정교육에서부터 시작되어야 함을 새삼스럽게 느꼈다.

아무리 어린 아이라도 의사표시만 할 수 있다면 실수에 대해서 잘못을 인정하고 사과할 줄 아는 태도가 몸에 배이도록 가정교육에서부터 시작되어야 한다.

우리 속담에도 '세 살 버릇이 여든까지 간다' 고 했다.

사과할 줄 아는 올바른 자세가 어릴 때부터 습득되게 하는 것은 바로 남을 배려할 줄 알게 하는 기본자세이므로, 부모들이 솔선수범率先垂範하게 되면 자녀들이 저절로 배우게 될 수 있을 것이다.

꼬마손자로부터 뒤통수를 얻어맞은 느낌이 들어서 앞으로는 아이 앞에서라도 실수를 하지 않도록 조심해야겠고, 잘못한 것은 즉시 사과하는 태도를 보임으로써 아이에게 본이 되는 할머니가 되도록 노력할 것을 다짐한다.

500원의 소중함

요즘 나는 주민센터에 다니면서 중국어 공부를 하고 있다.

가깝고도 먼 나라 중국에서, 아버지께서 돌아가시어(1939년 말) 그곳에 있는 아버지 묘소墓所를 찾기 위해서 1년간 열심히 중국어 공부를 했으나 가이드의 도움 없이는 움직일 수가 없었다.

간신히 아버지의 묘소 터만 찾아냈을 뿐 유해遺骸는 찾을 수 없었다.

그렇게 시작한 중국어 공부가 이제 2년이 되었는데 아직도 겨우 몇 마디 의사표시를 할 수 있을 뿐이고, 그들의 대화내용은 잘 알아듣지 못한다.

어느 날 주민센터에 강의 들으러 가는 도중에 지하철 입구에서 어떤 할머니가 '불광초등학교'를 어디로 가느냐고 물으시기에 학교 맞은편까지 안내를 해 드리면서, 어디를 찾아가시느냐고 물어 보았더니 학교 뒤에 있는 교회에서 500원씩 나눠주는데 그걸 받으러 간다고 하셨다.

알고 보니 내가 다니고 있는 '은광교회'를 찾아가시는 분이었다.

어디서 오셨느냐고 물어보았더니, 동대문에서 사는데 지하철을 타

214

고 왔노라고 하셨다.

80대로 보이는 그 할머니가 500원을 받기 위해서 지하철을 갈아타면서 이곳까지 찾아오셨다니 놀라지 않을 수 없었다.

학교 옆길로 해서 뒤로 가면 된다고 하였다.

나는 돌아서서 주민센터로 가려다가 생각해 보니, 매주 금요일 아침에 우리 교회에서 선착순 200명에게 나눠주는 행사인데, 만약 200명 이내에 들지 못하면 헛걸음이 될 것 같아서 나는 지갑에서 3천원을 꺼내어서 할머니 손에 쥐어 드렸다.

"혹시 500원을 못 받으실 수도 있으니, 이거라도 받으세요" 하면서….

할머니는 "고마워요" 하시더니, 한 장만 받겠다면서 두 장은 되돌려 주시겠다는 것이 아닌가?

난, "그냥 가져가세요" 하면서 도망치듯이 주민센터로 갔다.

그날의 할머니 모습이 오랫동안 머릿속에서 맴돌기에, '500원'의 소중함을 새삼 느끼면서 8월 14일(금요일) 임시 공휴일 아침 교회로 찾아가 보았다.

가는 도중에 배낭을 맨 할머니 할아버지들을 만나게 되었다.

어떤 할머니가 퍽 나이가 들어 보이시기에, 실례지만 연세가 어떻게 되시느냐고 물어보았더니, "95세"라고 대답하시면서 "남편도 자식들도 다 떠나고 혼자 살아요"라고 대답하셨다.

무악동에 사신다는 그 할머니 말씀이 "나라에서 돈도 좀 주고, 반찬도 일주일에 두 번씩 주지만, 집에서 맨날 누워 있는 것보다는 이렇게 운동 삼아서 나오지"라고 하셨다.

교회 갤러리 앞에 몇 분이 의자에 앉아 계시는데, 그날은 500원 행사가 없는 날이라 헛걸음이라고 했다.

나는 대학 다닐 때에(1960년대) 가난뱅이 학생이었지만, 정부 대여 장학금으로 공부를 하면서 버스 안에서나 길거리에서 구걸하는 사람들을 보면 한 잎이라도 꼭 주는 버릇이 있었다.

그날도 갤러리 앞에 앉아서 떠나지 못하고 머뭇거리는 할아버지, 할머니들에게 천원짜리 한 장씩 드렸다.

어릴 때, 1950년 6.25 한국전쟁을 겪으면서 부모 잃은 아이들이나 몸이 불편한 어른도, 아침이면 바가지를 들고 집집마다 돌아다니면서 애처로운 목소리로 "밥 좀 주세요" 하고 대문 앞에서 소리치면, 대부분의 어머니들은 먹던 밥그릇을 들고 나가서 한 수저씩 떠서 바가지에 담아주었다.

동냥을 하면서 마을을 한 바퀴 돌고 나면 바가지에 밥이 가득 찬다.

바로 그것이 십시일반+匙一飯이다.

일주일에 한 번씩인 500원은 소액이지만, 그 돈을 받기 위해서 줄서서 기다리는 그분들에게는 티끌모아 태산이란 말처럼 모으면 액수가 커질 수도 있을 것이다.

매주마다 500원씩 받을 때 처음에는 퍽 감사한 마음이 들었겠지만 차츰 당연한 것으로 여겨지게 될 수도 있을 것이며, 사정이 있어서

500원 행사를 못 할 때는, "왜, 안 주는 거야?" 하면서 원망스런 감정으로 변할 수도 있지 않을까 염려가 된다.

95세 된 그 할머니처럼 갈 곳도 없고 가족도 없으니 찾아오는 이도 없이 외롭게 살면서, 일주일에 한 번씩 나들이가 되고 만나는 분들끼리 친구가 되어서 서로 손을 잡고, 포옹도 하면서 얘기를 나누는 모습을 보니, 참 좋아 보였다.

그 할머니에게는 그 날이 오기를 기다려지는 날일 수도 있으리라 여겨진다.

우리 은광교회에서 실시하고 있는 '500원' 기증행사가 돈을 받는 분들에게 주님께 감사하는 믿음의 씨앗이 뿌리내리게 되고, 그 분들에게 희망의 불씨로 자라나게 되며, 은광교회에는 부흥의 발판이 될 수 있기를 간절히 기도한다.

(2015년도)

동일본의 대지진을 보면서

요즘 이웃 나라 일본에서 발생한 대지진과 해일, 그리고 원전 폭발로 인해서 연일 들려오는 소식들은 처절하고 안타까운 내용들이다.

일본은 지진과 화산 폭발이 잦은 곳이라는 것은 누구나 알고 있으나 이번처럼 엄청난 사태는 상상을 초월한 심각한 재앙이다.

동일본 해안가에 인접해 있는 도시들이 순식간에 10m가 넘는 검은 파도의 해일에 떠밀려서 건물이나 자동차, 바닷가에 매어둔 선박까지도 마치 종이배나 나뭇잎처럼 힘없이, 허무하게 휘말려서 떠내려갔다.

아름답던 시가지가 쓰레기 더미로 바뀌었고, 엄청난 인명 피해와 경제적인 파탄을 초래했다.

순식간에 사랑하는 가족을 잃고 집과 재물, 직장까지 쓸어가 버린 재앙은 영화 속에서도 볼 수 없었던 무서운 괴력으로 인간들의 나약함을 보여준 셈이다.

가족을 잃은 슬픔을 어떻게 달래줄 수 있을까!

이번 사태를 보면서 대한민국 땅 위에서 살고 있다는 것만으로도 큰 축복이라고 생각되었다.

우리는 과거에 일본의 침략과 약탈행위로 인하여 너무나 많은 것을 잃었고, 피눈물 나는 압박과 설움을 당하면서 노예 같은 생활도 했다.

얼마나 많은 우리의 선열들이 목숨을 잃었으며 고통을 당했던가!

그러나 우리는 이렇게 다시 일어섰다.

며칠 전에 존경하는 선배님이 최근 발생한 일본의 불행한 사태를 보면서 머릿속에서는 '참 안 됐다. 저럴 수가 있나' 하면서 걱정스런 생각이 들었는데 마음 속 깊은 곳에서는 과거에 우리를 괴롭혔던 생각이 떠올라 머릿속의 생각과 가슴속 생각이 상반相反되는 현상이 나타나더라고 했다.

나 역시 그와 동일한 느낌이 있었기에 나의 속마음을 들킨 것 같아서 순간 당황했다.

약 20년 전(1992년) 일본에서 겪은 일이 떠오른다. 그 당시 한국여성개발원에서 근무하면서 자원봉사담당 업무를 맡고 있었다. 자원봉사활동을 원하는 사람을 모집해서, 교육시키고 원하는 기관에 배치하고 관리하는 업무였다.

우리나라보다 자원봉사 활동이 훨씬 활발하게 다양한 분야에서 잘 운영되고 있다는 일본에 2주간 연수를 다녀왔다.

처음 가 본 일본이라 공항에서부터 너무 다른 생활 모습들이 나를 퍽 놀라게 했다.

도로에 많은 차량들이 다니고 있는데도 경적소리가 전혀 없다는 것, 대로변이나 골목길이나 쓰레기가 보이지 않고 식당에서는 음식물을 조금씩 담아내어 먹고 남긴 것이 없이 깨끗하게 비워낸다는 점, 행사가 끝난 뒤에 남은 음식이나 찌꺼기를 참석자들이 모두 봉지에 담아가서 뒤처리를 할 필요가 없게 한다는 점, 등등….

특히 백화점 같은 곳에 가면 물건을 사지 않고 나와도 깍듯이 인사하면서 친절하게 하는 행동은 도리어 미안함을 느끼게 했다.

어느 기관을 방문했을 때 나이가 들어 보이는 담당국장이 나를 보더니 머리를 숙이면서,

"과거에 우리의 잘못이 너무 많아서 한국인들에게 늘 사죄하는 자세로 살고 있습니다" 하면서 인사를 할 때, 나는 겉으로는 태연한 척했지만 마음 속으로는, '당연히 그래야지…' 하면서 교만한 생각이 고개를 내밀었다.

그런데 이번 동일본 대지진사태를 보면서 순간적으로 그와 비슷한 생각이 머리를 내밀려는 것이 아닌가!

선배님 말이 우리는 과거사를 다 '용서' 하고, 이제는 서로 '화해' 하고, 이웃끼리 잘 지내야 한다면서, 잠시나마 그들의 고통과 슬픔을 함께하지 못한 것에 매우 자책감이 든다고 했다.

나 역시 처음 뉴스를 직면했을 때 무감각하게 이웃집 불구경하듯이 그들을 바라만 본 듯해서 매우 낯이 뜨거워진다.

지금은 과거사를 거론할 때가 아니라 갑자기 휘몰아쳐 온 재난 앞에서 지구상에서 언제 어디서 또 나타날 수 있는 천재지변에 대하여

경건한 마음으로 가족과 이웃, 동료 그리고 집과 직장까지 날려버리고 처절하게 애통하는 그들을 위로해 주고 애도해 주어야 할 때라고 본다.

쓰레기더미로 변해 버린 집터 근처에서 실종된 가족들의 흔적이라도 찾아보려고 헤매고 있는 모습을 보면서, 찐한 감정의 아픔을 느꼈다.

과거는 현재의 거울이라고 하지만 현재는 미래의 출발이라고 여긴다. 비록 지난 과거사로 인하여 마음 속 깊숙이 각인된 사무친 사연이 있을지라도 눈앞에서 애통하며 고통스럽게 지내는 이웃에게 따뜻한 위로의 손길이 절실하다고 본다.

가족들에게 작별 인사도 못 남기고 멀리 떠난 영혼들에게는 편히 쉬라는 애도의 뜻을 전하는 바이며, 유족들과 온 일본 국민들에게도 진심어린 위로의 말을 전하면서 현재의 슬픔을 이겨내고 새로운 각오로 용기 있게 새 삶을 찾아내기를 진심으로 기원한다.

7부

차카나리아

나는 어릴 적에 울보였다고 한다.

갓난아이 때부터 서너 살 때까지 많이 울었다는 것이다. 왜 그렇게 울었는지 그 이유를 나는 알 것 같다.

만주 벌판에서 태어난 지 겨우 3개월 만에 아버지를 여의고, 눈보라 치는 추운 겨울날, 엄마 등에 업혀서 고국으로 돌아왔다.

아버지는 길림성 대삼가자에 있는 협화소학교(1939년도) 교장선생님이셨는데 전염병에 걸려 겨우 30대 후반의 젊은 나이에 떠나시고 말았다. 친할머니 환갑날, 온 가족이 모여서 축하연을 베푸는 자리에 만주에서 장남이 사망했다는 전보가 날아왔을 때, 그 충격이 얼마나 컸을까? 친할머니께서는 내가 태어나자마자 "지 애비를 잡아먹었다"며 미워하셨다고 한다.

1940년대 극심한 흉년이 들어서 먹을 것이 부족하니 엄마는 배불리 밥을 먹을 수 없었고, 엄마 젖이 잘 나오지 않으니까 젖꼭지만 빨아대다 아기는 배가 고파서 울었던 것이다.

우는 것이 의사표시인 아기는 배가 고프면 울고, 불만이 있으면 울고, 심심해도 울 것이다. 밤이면 더욱 잠을 안 자고 울어서 어머니는 등에 업고 밤을 지새우기도 했다고 전해 주셨다. 마을 사람들은 할머니처럼 악평을 하는 이도 있었지만 어떤 분들은 커서 노래는 잘 부르겠다고 예쁘게 봐주는 어르신들도 있었다는 것이다.

그분들의 예언이 조금은 맞는 것 같기도 했다. 마을 아낙네들은 누에를 키워서 누에고치에서 명주실을 뽑아내고, 목화를 심어서 목화솜을 수확하여 물레를 돌려 무명실을 만들어내어 천을 짜는 일을 했다. 그녀들은 대여섯 명씩 어울려서 품앗이하는 곳에 꼬마아가씨인 나를 불러다 놓고 노래를 시켰다.

그때 불렀던 노래 중에서 아직도 기억에 남아있는 노래가 있다.

"잠자다가 일어나서 앙앙 운다고 어머니가 나더러 강아지래요. 꿈속에서 웃으면 귀엽다고 어머니가 나더러 강아지래요."

노래를 부르고 나면 단수수나 옥수수, 삶은 고구마 등을 간식으로 주었다.

초등학교 시절에는 5학년 때 6.25 한국전쟁을 겪었고, 6학년 때 부안극장에서 부안군내 초등학교가 모여서 노래경연대회를 했다. 우리 학교에서는 10여 명이 참가해서 합창을 했고, 독창은 남학생 두 명과 여학생은 내가 뽑혀서 했는데 나는 6.25노래를 불렀다. 그날 우리 학교가 종합 4등을 했다. 조그만 시골학교에서 그 당시로서는 대단한 자랑거리였다.

그 후 마을에서 추석날 밤에 마을 어른들을 위하여 위문공연을 몇 차례 했다. 내가 총 지휘를 해서 독창, 합창, 무용, 연극까지 지도했다.

볼거리가 없던 그 시절이라 주변 마을에서까지 찾아와서 구경을 했다.

그때는 노래 부르기를 퍽 좋아했고, 가수가 되어 보고 싶은 꿈도 있었다. 그러나 그것은 잠시였고 뒤늦게 만학의 길로 접어들면서 서울에서 잠과 싸우면서 공부를 시작했다.

법관이 되어보겠다는 야망을 가지고 성균관대 법학과에 입학했다. 법학도들은 사법시험에 합격하면 성공이지만 실패하면 눈물을 머금고 각자 제 갈 길을 찾아 헤매는 신세가 되고 만다.

어느날 효자동에 있는 '사주풀이' 집을 찾아갔다.

그 어른 왈曰 "당신은 가수가 되었더라면 이미자 정도 되었을 팔자인데, 아쉽구만. 법관은 안 돼. 이름을 바꿔봐도 안 돼."

그렇게 40년이 흘러가고, 이대 교육대학원을 졸업한 후, 공무원을 사직하고 한국여성개발원에 입사했다.

그곳에서 10여 년간 양성평등兩性平等과 성차별性差別 해소를 위해 노력하던 중 어느해 연말 망년회忘年會 자리에서 노래자랑 시간이 있었다. 반주하는 악단까지 초대하여 모두 신나게 노래를 불렀다. 그때 나는 무반주로 내 자유자재로 노래를 불렀다.

노래 곡명은 패티김이 부른 '살짜기 옵서예' 였다. 성공적이었다. 최고의 인기였다.

그 후 내 애칭은 '차車카나리아' 가 되었다.

그 직장에서 명예퇴직을 하고 귀향해서 10년을 살면서 원광대학교에서 '여성학' 강의를 했다.

또 다시 서울 시민이 되고 손자를 돌보아주는 '할머니 역할'을 하고 있다. 그런데 갑자기 여성개발원에서 명예퇴직하고 '가족연구소'를 차린 옛 동료가 연구소 '개소식' 날 축가를 불러달라는 것이었다. 나는 너무 어이가 없어서 큰소리로 깔깔깔 웃었다.

노래라면 찬송가나 부르고 일반가요와는 담을 쌓고 사는 지 오랜데 노래가 불러질까?

어쨌든 옛 동료들이 많이 참석하니 재미로 불러달라고 했다.

"좋아요. 연습해 보고 자신 있으면 해 볼게요."

난 맹연습을 했다. 목이 아플 때까지…….

결국 팸라이프(fam life) 가족연구소 '개소식' 날

"무반주로 생음악을 듣겠습니다. 초대가수 차카나리아."

나는 떨리기도 했지만 최선을 다해서 노래를 불렀다, '살짜기 옵서예'를.

평가는 양분되었다.

"옛날보다 더 잘했어요."

"옛날만 못한데요."

여하튼 나에 대한 옛 동료들의 관심이 식지 않았다는 것이 즐거웠다. 다시 회춘하는 느낌이 들었다.

노래는 즐거운 것이다.

나이 티

아무리 화장을 예쁘게 하고 멋진 옷을 입는다고 하더라도 60대가 되면서부터는 누구에게나 할머니, 할아버지란 호칭이 따라 붙는다.

노老 티가 일찍 오는 사람은 40대부터도 할머니, 할아버지 호칭을 듣게 되는데 노발대발 화내는 모습을 본 적이 여러 번 있었다.

나 역시 그런 체험을 한 적이 있다.

나는 만혼晩婚을 한 탓에 딸 하나뿐이었다.

그런데 그 아이가 자라면서 동생을 갖고 싶다고 성화여서 용기를 내어서 아들을 입양했었다.

누나가 된 딸은 동생을 업어주고 손을 잡고 다니면서 자랑스러워했다.

그때 내 나이는 40을 지났었다.

아들 원태를 업고 병원에 예방주사를 맞으러 갔더니, 간호사가 "할머니신가, 엄마신가 잘 판단하기 어렵네요. 요즘은 늦둥이도 많지만…" 하면서 "호호호…"하고 웃으니 옆에 있던 간호사가 "그런 실례의 말을…" 하면서 "엄마시구만. 맞죠?"

그때부터 내 얼굴에는 노老 티가 나타난 모양이다.

원태는 겨우 고등학교 1학년 때 불의의 사고로 서둘러서 천국으로 떠났지만 만약에 아직 살아 있었다면 30세가 지났으니 결혼을 해서 손주를 안겨 주었을지도 모른다는 환상을 이따금씩 해 보기도 한다.

이제는 어느 사이에 70고개를 넘어섰지만 나는 아직 젊다는 자부심을 가지고 살고 있으며 젊어서 사회활동할 때 습관이 남아 있어서 매일 아침마다 화장도 하고 있다.

전에는 진한 검정색 계열이나 흰색 옷을 자주 입었지만 요즘은 화려하고 밝은 빛을 선택해서 입기도 한다.

눈가에 진한 화장을 하거나 머리에 노란 염색을 하거나 보톡스 주사를 맞은 적은 없으나 아직은 허리도 꼿꼿하니 할머니 티가 많이 나는 편은 아니라고 자부하면서 살아왔다

그런데 오늘 정말 크게 충격적인 일이 있었다.

둘째 외손자인 민준이(4년 2개월)가 그림을 그려서 할머니와 할아버지를 그렸다고 내미는데, 할머니란 그림의 얼굴에 선線이 줄줄이 그려져 있었다.

나는 무심코 "이 줄은 뭐냐?" 하고 물었더니

"할머니 얼굴에 주름이 많아서 주름을 그린 거야!" 라고 답한다.

나는 가슴 속에서 쿵하는 충격소리가 들리는 듯했다.

내 얼굴에 벌써 저렇게 주름살이 많이 생겼단 말인가!

내 눈에는 뽀얗고 도톰한 얼굴이고 주름살 따위는 없다고 자신 있

게 말하면서 살고 있었는데 그건 내 눈이 침침해져서 잔주름을 못 본 때문이고 4살짜리 손자의 현미경처럼 밝은 눈에는 할머니의 온 얼굴에는 잔주름이 뒤덮인 모습이 훤히 보인단 말이지?

할머니 얼굴에 무슨 주름살이 이렇게 많으냐고 우겨보아도 4세 꼬마의 눈에는 쭈글쭈글한 할머니 얼굴로 보인다니 설득해 봤자 소용이 없었다.

아! 세월이 무섭구나!

이제 만 73세가 되었으니 찾아오는 늙음을 어찌 피해 갈 수 있단 말인가!

그래서 길거리에서 만나는 이들마다 모두 할머니라 부르고 딸 나이 또래의 젊은이들까지도 아주머니란 호칭은 안 쓰고 할머니란 호칭만 쓰는구나!

얼굴이 나이보다 늙어 보인다는 것은 자신의 관리 소홀 책임이라고 본다. 내가 게으르고 무관심한 탓에 얼굴에 마사지를 해 본 적도 거의 없고 피부관리를 받아 본 적도 없다.

그러나 나이가 들면 얼굴에서만 나이 티가 나타나는 것은 아니다.

우리 온몸에서 나이 티가 풍겨나옴을 알 수 있다.

먼저 몸의 자세가 변함을 볼 수 있다.

허리와 등이 서서히 구부러지고 어깨는 올라가고 다리는 휘어져서 키가 줄어든다.

그뿐인가! 목소리도 변한다. 맑고 고음이 나오던 소리가 낮고 탁한 목소리로 변하고 고음도 나오지 않는다.

아무리 얼굴에 예쁜 가면을 쓴다 한들 몸의 자세에서, 또는 걸음걸이나 목소리에서 나이 티를 느낄 수 있다.

손자가 그린 그림을 보고 실망하는 것보다는 먼저 두 다리가 튼튼하도록 근력을 돋우어서 당당한 걸음걸이를 유지하도록 힘 쓰고 꼿꼿한 자세를 유지하기 위해서 바른 자세로 앉고, 바른 자세로 걷기 운동을 지속적으로 하는 것이 나이 티를 덜 나게 하는데 도움이 되지 않을까?

사는 날까지 잘 걸어다니고, 잘 먹고 소화 잘 시킬 수 있는 건강상태만 유지된다면 그게 바로 삶의 행복이 아닐까!

손자가 할머니 얼굴에 선線을 줄줄이 그려 넣는다고 실망하지 않을 것이다. 얼굴에 주름살 정도는 대수롭게 여기지 않기로 했다.

나이 들어서 나이 티가 나지 않도록 할 재주는 나에겐 없으니까.

비만예방과 구부러지는 허리를 꼿꼿하게 유지시키고 똑바로 걷기 운동이라도 틈틈이 열심히 해 보는 수밖에….

6년 개근상

나이 탓인지 추운 날이면 외출하기가 머뭇거려지고 추위가 싫어서 따뜻한 저 남쪽 제주도에 가서 살고 싶어진다.

더위는 시원한 곳에 들어가거나 찬물만 마셔도 쉽게 이겨 낼 수 있는데 추위를 이겨 낼 자신은 없다.

나이를 잊고 산다고 큰소리치면서 피아노도 치고, 사진도 찍으러 다니고, 중국어도 배우러 다니는데 추위 앞에서는 움츠러들고 초라해지는 내 모습이 나이 티를 내는 것 같다.

최근 들어 겨울이 되면 폭설이 내려서 피해가 많이 발생하고 있다.

특히 금년초에는 폭설로 인하여 건물들이 무너지는 사고가 많이 발생하였고, 가장 마음 아팠던 사고는 대학생들의 신입생 환영행사장에서 무너진 건물 밑에 깔려서 목숨을 잃은 젊은이들을 보면서 가슴이 쓰라렸다.

건물을 좀더 튼튼하게 지었거나 관리를 잘 했더라면 그런 대형사고는 발생하지 않았을 터인데 하는 안타까움이 컸다.

그런데 폭설을 볼 때마다 어린시절 추억들이 주마등처럼 영상으로 내 앞에 펼쳐지기도 한다.

초등학교 1학년 때 '서당골'에서 잠시 살았을 때에 지독한 감기에 걸려서 몸에 열이 나고 끙끙 앓으면서도 학교에 가겠다고 떼를 쓰니 어머니께서는 이불로 싸서 업고 눈이 쌓인 길을 조심조심 걸어서 학교(하서초등학교)에 데리고 가셨다.

이불로 몸을 감싸고 교실 의자에 앉았으나 머리가 빙빙 돌고 열이 나서 공부를 할 수 없으니 선생님께서 집으로 데려가라고 하셔서 되돌아온 기억이 난다.

3, 4학년 때는 석불산 아래 산 속 외딴곳에 있는 빈집으로 이사 가서 살게 되었다. 3학년 겨울방학 때 '비상소집일'이 있었는데 학교 가는 길은 폭설로 인하여 눈이 쌓여서 길인지 논인지 밭둑인지 구분할 수 없게 되어 있었다.

인적도 없는 산길과 논두렁길을 6학년생인 오빠가 긴 막대기로 길을 찾아서 쿡쿡 찔러가면서 푹푹 빠지며 지나간 발자국을 뒤따라 '서당골'에 있는 학교까지 허겁지겁 정신없이 갔었다.

검정치마에 흰 저고리를 입고 버선을 신고 고무신을 신은 발은 꽁꽁 얼어붙어서 발이 시리다가 감각을 잃고 말았다.

그래도 학교에서 돌아오면서 해냈다는 승리감에서였는지 큰 소리로 노래를 부르면서 산 고개를 넘어오자, 어머니께서는 눈 속에 빠지지 않고 잘 갔다 온 모양이라고 안심하셨단다.

그러나 집에 와서 보니 버선 속으로 눈이 들어가서 녹은 후에 얼음처럼 뭉쳐 있었고, 발은 빨갛게 꽁꽁 얼어 감각도 없었다. 물로 씻고 따뜻한 이불 속에 발을 넣으니 얼마나 통증이 심한지 엉엉 통곡을 하고 울었던 기억이 떠오른다.

이제는 고인이 되셨지만 전에 부안문화원 원장이셨던 김민성 님께서 변산의 전설에 관해서 해 주신 말씀이 떠오른다.

"부안은 해안선을 끼고 변산이 가로 막고 있어서 여름에 비구름이 지나갈 때는 '여기가 어디냐' 고 물어보면 '변산이요' 하면, '그냥 가자' 하고 지나갔는데, 겨울에 눈구름은 '여기가 어디냐' 고 물을 때, '변산이요' 하면, '그래, 그럼 좀 쉬어가자' 하면서 폭설을 퍼붓듯이 내린다는 전설이 있어요."

그 얘기를 들은 후부터는 부안에 폭설이 내릴 때마다 그 전설이 사실처럼 느껴지기도 한다.

4학년 때는 새로 산 고무신에 닿은 발뒤꿈치에 물집이 생기고, 물집이 터지면서 염증이 생겨서 퉁퉁 부어오르고, 고름이 생겨서 느릅나무 껍질을 찢어서 밀가루와 섞어서 붙이면서 고름을 빼내는 과정을 반복하면서 방학동안 고생을 했고, 개학 후에도 한 발을 절룩거리면서도 기어코 학교에 가고야 말았다.

5, 6학년 시절에는 '계곡마을' 에서 살았다.

가난의 굴레를 벗어나지 못해서 허우적거리면서 살았던 가장 서글펐던 시절이다.

그 당시에는 아침에 굴뚝에서 연기가 피어오르지 않는 집은 아침을

굶고 있다고 여겼다.

점심도 굶어가면서도 억척스럽게 학교를 다녔는데 5학년 때, 6.25 한국전쟁으로 인하여 잠깐 학교가 휴교상태였다가 다시 개학을 했었다. 그래서 5학년 때는 개근상이 없고 정근상을 주기에 담임이신 서상렬 선생님께 항의를 했다.

"선생님! 저는 학교에 결석한 적이 없는데 왜 정근상이에요?"

그러자 선생님께서는 깔깔 웃으시면서 "너 김일성이한테 가서 개근상 달라고 해라. 김일성이 때문에 학교가 휴교해서 개근상이 없어졌잖아!"

그렇게 힘들게 공부해서 6학년 졸업식 날, 6년 개근상皆勤賞을 받았다.

6년 우등상도 받았지만, 6년 개근상은 더 소중하고 자랑스러운 상장이었다.

나에게 그러한 끈기와 집념과 인내가 있었기에 맨주먹으로 서울에 올라와서 추위와 배고픔과 어려운 난관 속에서도 이를 악물고 만학晚 學으로 대학문을 두드리게 된 것이라고 본다.

어느덧 70대 중반의 나이가 되었지만 어린시절에 6년 개근상을 타 낸 그 집념이 아직도 남아 있기 때문인지, 배워도 돌아서면 잊어버려지면서도 피아노를 배우러 다니고 중국어 공부를 하고 있는데, 이것은 6년 개근상을 받았던 강한 의지력의 뿌리가 조금 남아 있기 때문이 아닐까?

대학시절의 잔잔한 추억들

대학 4년 학창시절은 길다면 길지만 퍽 짧은 기간이기도 하다.

학기마다 등록금 준비에 쩔쩔 매다 보면 길게 느껴지기도 했다.

정부대여 장학금이 없었다면 나는 아마 영영 졸업장을 받지 못했을지도 모른다.

성적우수 장학금을 받는 친구들을 볼 때면 얼마나 부러웠던가!

아무리 발버둥쳐 봐도 나는 해당이 되지 못했으니까….

족집게로 찍어내듯이 예상문제를 맞추는 친구들도 있었지만 나는 불안해서 그런 모험을 하지 못했다.

행정법 시험을 앞두고 이모 군과 함께 금잔디 관장에 앉아서 공부를 했는데, 그는 딱 한 문제만 찍어서 공부를 하면서 "틀림없이 이 문제가 나올 거야. 그 교수님께서는 이 문제를 좋아하시거든" 하면서 한 문제만 암기하면 된다고 큰 소리쳤다.

그러나 나는 불안해서 그의 예언을 믿지 않고 대여섯 문제를 뽑아서 공부했다. 결과는 이모 군의 승리였다. 그는 거의 100점을 받아냈고 나는 간신이 80점이나 받았는지….

그는 졸업 즉시 은행에 입사했고 은행지점장도 되고, 해외도 나가서 근무하고….

신입생이 들어오면 모든 남학생들의 관심은 아마 예쁜 여학생에게 쏠릴 것이다. 우리 법학과에는 네 명의 여학생이 입학했는데 그 중 아주 멋쟁이 여학생이 있었다. 60년대인데 머리에 노란 물을 들이고 나타나자 모두 깜짝 놀랄 정도였으니까.

박모 군은 그 여학생에게 첫 데이트 신청을 했다고 한다. 먼저 다방으로 들어가서 앉자마자 종업원 아가씨가 엽차를 들고 와서 앞에 놓고 난 후, "무슨 차를 주문하시겠어요?" 하고 묻자, 난생 처음으로 다방에 들어간 시골 촌사람인 박 군은 차 이름을 아는 게 없어서 "엽차 주시오" 했다니, 그 다음은 무슨 상황이 벌어졌을지 상상해 보시길….

우리 법정대에는 여학생이 별로 없었다. 우리 기가 그래도 오랜만에 4명이나 입학했지만 한 명은 중퇴하고 세 명이 졸업했다. 3학년이되자 여학생 회장 선거가 시작되고 우리 법학과 한모 양이 당당히 도전장을 내놓았다. 여학생 표도 없는데 무모한 도전 같아서 안타까웠다.

마지막 선거전에서 후보자들의 소견 발표시간이 되었는데 문과대측 학생이 나오자 우레와 같은 박수와 함성이 터져 나왔다.

드디어 한모 양이 연단에 올라섰다. 몇 마디 인사말을 한 후 마지막으로 한 말! 그 말은 영원히 잊혀지지 않는다.

"내가 여학생 회장에 당선되면, 나는 여학생을 위한 여학생에 의한 여학생들의 여학생 회장이 되겠습니다."

그런 내용이었는데 갑자기 폭소와 함께 장내가 뜨거워질 정도로 큰 박수소리가 길게 이어졌고, 투표결과 예상을 뒤엎고 압도적인 표 차이로 한모 양이 여학생 회장으로 당선되었다. 김모 양과 나는 서로 기쁨을 참지 못하고 눈물을 흘리면서 서로 껴안고서 팔짝 팔짝 뛰었던 기억이 난다. 투표의 승리에서 맛보는 묘미를 처음으로 만끽해 본 경험이었다.

난, 왠지 형법과 형사정책 시간이 흥미로웠다. 그래서 점수도 잘 나왔다. 그런데 이모 교수님께서는 100분 강의시간인데 꼭 50분 밖에 강의를 안 하셨다. 항상 앞자리에 앉아서 교수님 턱 밑에서 강의를 흥미롭게 듣고 있는데 강의가 끝났다는 것이다. 시계를 보니 아직도 50분이 남아 있었다. 버릇없이 나는 질문을 했다.

"교수님, 아직도 시간이 50분이나 남았는데요?"

그때 교수님 얼굴색이 빨개지셨다. 몹시 당황하는 눈치셨다. 한 문제만 준비해 오셨는데 강의를 더 해 달라고 보채는 철부지 여학생 때문에 얼마나 황당해 하셨을까! 노트를 뒤적거리시면서 어물어물하시다가 강의를 끝내고 나가셨다.

그 후 형법 시험문제가 좀 까다롭게 나온 듯하다. 나는 핵심을 잘못 찍어 써 내놓고 보니 까딱하면 D학점이 나올지도 모른다는 초조감에 바늘 방석에 앉아있는 느낌이었다. 왜냐하면 교수님께 버릇없이 굴었으니 한 과목이라도 D학점이 나온다면 난 정부대여 장학금을 받을 자격을 박탈당할 수 있는 위기에 빠질 신세였으니까!

그러나 무사히 위기를 넘겼다.

1학년 대의원 선거 때의 기억도 잊을 수 없는 일화다. 남학생들이 모두 여학생들에게 친절하게 잘해 주던 초기여서 정말 그들에게 내가 인기가 있는 줄로 착각을 했으니까.

그때 동양철학과에서는 여학생이 대의원을 하고 있었다. 예쁘고 똑똑해 보이는 학생이었다. 남학생 소굴인 법과에서도 여학생이 한 번 대의원 나와보라고 여학생들과 몇몇 친구가 나이도 많으니 출마 한 번 해 보라고 권했다.

사실 공부에 방해될 듯해서 내키지 않았지만 솔깃해져서 출마해 보겠다고 한 모양이다. 그런데 평소에 여학생들 주변에서 활짝 웃는 얼굴로 친절을 베풀던 장모 군이 술이라도 한 잔 마셨는지 몹시 성난 모습으로 나타나서 호통을 쳤다.

"차 형이 대의원에 출마하겠다고요? 우리 과에 남자가 없습니까? 여자가 대의원에 나오면 법과 망신이지요. 그러면 내가 나가서 할랍니다" 하면서 고래고래 소리를 질렀다. 나는 겁이 덜컥 나서 즉시 사퇴하고 말았다.

그리고 1983년부터 한국여성개발원에 들어가서 '남녀평등'을 외쳤고, 1995년부터 2005년까지 대학강단에서 '여성학' 강의를 했다.

아마 그때 당한 한풀이였는지도 모르겠다.

멋쟁이 언니

맑게 갠 푸른 하늘 아래 노란 은행잎이 아름답게 잘 어울리는 가을 날씨다.

유모차에 두살배기 손자를 태우고 사진관에 가는 길인데, 젊은 여인이 노란 머리에 커다란 귀걸이를 흔들거리면서, 내 앞으로 다가오더니 "멋쟁이 언니, 이거 하나 받으세요" 하면서 내민 것은 '○○산 단풍, 산더덕 캐기 체험'이란 내용의 관광 안내 용지였다.

특별할인 가격으로 서울에서 왕복 교통비 12,000원, 조식, 중식 제공이란 파격적인 내용이다.

그 유혹에 흔들린다고 할지라도 갈 수 있는 입장이 아닌데, 그 유혹보다는 내 마음을 잠시 기쁘게 해준 것은 '멋쟁이 언니'란 호칭이었다.

정말로 내 차림새가 멋쟁이로 보였을까? 아니면, 지나가는 여성들에게는 누구한테나 듣기 좋고, 기분 좋게 하려고 그렇게 불러 주는 호칭인지 알 수가 없다.

흔히 '언니'란 호칭은 사용하지만 멋쟁이란 형용사까지 사용해서 불러 주는 그런 말은 처음 들어 보았다.

딸이 살고 있는 아파트에 정말 멋쟁이 언니라고 불러 주고 싶은 할머니가 산다. 손녀딸을 데리고 유치원, 학원 등을 다니는데 그 모습이 참 멋져 보인다.

조그만 키에 가냘픈 몸매, 항상 긴 머리를 늘어뜨리고, 착 달라붙은 바지를 입고, 굽 높은 구두까지 신고 다녀서 옆모습이나 뒷모습을 보면 '젊은 아가씨' 처럼 보인다.

아마 처음 보는 이들은 늦둥이 딸을 둔 엄마로 착각할 수 있을 것이다. 요즘 중년 여성이나 노년 여성들도 외모관리를 잘해서 몸매도 아름답고, 머리는 물론 옷차림이나 피부 관리까지 신경을 써서 늙지 않는 여인들도 많이 본다.

그들에 비교한다면 난 게으른 여인인지도 모른다. 이 나이 될 때까지 얼굴 맛사지도 별로 해 본 적이 없이 지내왔으니 말이다.

얼마 전에 옛 직장 동료들과 함께 '패티킴 공연장' 에 다녀왔다.

70이 넘었다는 그 여인! 자칭 40대 50대처럼 산다고 했는데, 그 늘씬한 몸매에 변치 않고 여전히 아름다운 목소리, 그리고 행동 하나하나가 70이 넘은 여인이라고 볼 수 없었다.

정말 멋졌다. 변하지 않은 목소리와 유머러스한 말솜씨!

'패티킴' 은 누가 보아도 만인에게 사랑받는 '멋쟁이 언니' 다.

그런데 나에게 멋쟁이 언니란 호칭은 어울리지 않는다. 듣기는 좋았지만 자격미달 같다. 동생이 없는 탓인지 누가 언니나 누나라고 불러주면 기분이 좋다.

요즘 유치원 다니는 손자 친구들 엄마들은 만날 때마다 '할머니' 라고 부르는데 아무개할머니라고 불러준다면 괜찮을 텐데, 자기네 할머니처럼 "할머니, 할머니"라고 부른다. 나이로 따지면 딸 같은 사람들이 할머니라니…….

아주머니라든가 친한 사이라면 이모라든가, 아무개네 할머니라고 불러야지 무턱대고 할머니란 칭호는 달갑지 않은 호칭이다.

약 30여 년 전 기억이 떠오른다.

함께 근무하는 남자 직원이 그 당시 40대 후반쯤 되었는데 몸이 마르고 흰머리가 많이 난 탓이었는지 지하철역에서 어떤 젊은이가 '할아버지' 하면서 길을 묻기에 화가 나서 "몰라요"하고 톡 쏘아버렸다고 했다.

결혼도 안한 아가씨에게 '아줌마' 라고 부르면 십중팔구는 불쾌해한다.

솔직하게 고백한다면 요즘 나이 탓인지 화려한 옷차림을 해 보고 싶어진다. 젊은 시절 진한 곤색이나 검정색을 주로 입었는데 이제는 밝은 색, 화려한 색이 좀 입고 싶어졌다. 그래서 안경테부터 진한 자주색으로 바꿨다.

빨간색 티셔츠와 빨간 점퍼도 사보았다. 아무리 화려한 빛깔의 옷을 입고, 멋을 부려보아도 나이를 뒤로 돌릴 수는 없겠지만 기분이라도 살려 보고 싶어서인지도 모른다.

'패티킴' 처럼 40대 50대로 살지는 못할지라도 마음이라도 영원히 중년여인으로 살아보고 싶다.

'멋쟁이 언니' 란 그 한 마디에 기분이 활짝 좋아지는 나 자신을 보고, 진짜 '멋쟁이' 가 되어서 인정받아 보고 싶어진다.

체중관리와 하루에 30분 이상 걷기운동이라도 꾸준이 해 보려 한다. 노력하면 조금이라도 성취되리라 믿으면서……

피아노를 치면서

세월은 유수流水와 같다더니, 어느 사이에 70고개를 넘어서고 말았다. 달리고 달려서 저 높은 곳을 향하여 뛰어가는 것이 인생살이 같기도 하다.

만 65세 될 때까지 사회활동을 했으니 할 만큼 일했다고 자부심을 가져 보기도 한다.

그러나 또 다시 시작한 일은 손자들을 돌보아 주는 일이다.

하나뿐인 외동딸에게 직장생활을 마음 놓고 편안히 하라고 후원해 주는 셈이다. 요즘 친정어머니나 시어머니들이 초등학교 앞에 서서 손자손녀들이 하교하기를 기다리면서, 젊은 엄마들 사이에서 기다리는 모습을 보면서, 귀찮고 고통스런 일이 될 수도 있지만 몸이 아파서 병석에 누워 지내는 할머니들에 비하면 얼마나 행복한 일인가라고 위로해 주고 싶어진다.

금년에 큰 손자가 초등학교 2학년이 되고 둘째는 어린이집에 다니게 되었다. 그 덕분에 낮 동안 틈이 나서 나도 무언가 도전해 보고 싶은 욕심이 생겼다.

건강관리를 위해서 요가를 해 볼까? 수영을 해 볼까? 수지침 놓는 방법을 배워서 자원봉사를 해 볼까? 망설이다가 피아노 치는 교육을 받아보기로 결정을 내렸다.

손가락 운동과 두뇌운동을 하면, 건망증이나 치매예방에 도움이 될 것 같아서 선택하기도 했지만, 또 한 가지 목표가 있기 때문이다.

내 고향 시골 교회에서는 젊은이는 감초 격으로 두서너 명 있을 뿐이고, 주로 노인들이 예배에 참석하므로 피아노는 있건만 반주자가 없어서 노래방처럼 반주기를 켜놓고 찬송가를 부른다.

오래 전에 반주하던 아가씨가 결혼하여 고향을 떠난 후 피아노 위에는 먼지만 쌓여 있다.

"내가 피아노를 칠 줄 알았다면 예배에 참석할 때마다 찬송가에 맞추어서 반주를 칠 수 있을 텐데…" 하는 아쉬움이 컸었다.

이번 기회에 피아노 치는 법을 배워서 반주를 해 보자는 목표를 가지고 피아노 교육에 도전한 것이다. 갈수록 농촌에는 젊은이들은 도시로 떠나고 혼자 사는 노인 가구만 증가하는 희귀한 현상으로 변화되어 가고 있다.

농사를 지어서도 자식들 교육을 시킬 만한 환경이 조성된다면 도시로 떠난 젊은이들을 다시 돌아오게 할 수도 있을 텐데 왜 노인들만 사는 마을로 변화되어야 한단 말인가!

어린아이들이 없어서 초등학교는 하나씩 둘씩 폐교가 되고, 마을에서는 아기들 울음소리가 들리지 않고, 길거리에서는 아이들 뛰어 노는 모습이 보이지 않는다.

쓸쓸한 농촌이지만 나는 소음이 많고 공해가 극심한 도시보다는 농촌이 좋아서 손자들 돌보는 일을 어느 정도 해 주고 나면 농촌에 가서 살 것이다.

서울에 머물러 있는 동안 피아노 치는 교육을 열심히 받아서 시골 교회에서 아름다운 반주소리를 들려주고 싶다. 꿈을 이루기 위해서 피아노학원에 등록하고 배우기 시작한 지가 이제 2개월이 지났다.

주로 초등학교 1,2,3학년 아이들이 다니고 있어서 나 역시 10대로 돌아간 듯 착각할 정도여서 소녀로 돌아간 듯 기분이 좋아지기도 했다.

그런데 문제는 내가 상상했던 것보다 훨씬 피아노 치는 법이 고난도의 재능이 필요하다는 것을 알게 되었다. 암기를 많이 해야 되는데 기억력은 뒤떨어지고 손가락이 마음대로 잘 움직이지 못한다.

겨우 2개월 정도 되었는데 고통이 많다. 어깨에 힘을 빼고 건반을 손끝으로 살짝살짝 톡톡 치라고 하는데 손가락에 힘을 주어서 꾹꾹 눌러 주니 손가락도 아프고 팔목과 어깨까지 시큰거리고 통증이 심하다.

겨우 30분이나 40분 치고 나면 손목과 어깨가 아파서 칠 수가 없다.

하룻밤 지나고 나면 어제 배운 것이 뭐였는지 아물아물하다. 피아노 연습을 많이 하고 싶어도 팔이 아파서 오래 연습도 못하고 반복되는 고통과 스트레스를 참아가면서 버티고 있다.

할머니보다 3개월 먼저 시작한 큰 손자는 벌써 악보를 보지 않고서도 동요를 멋지게 치고 있는데, 내가 더 잘 할 줄 알고 도전한 것이 오판誤判이었다. 그러나 이 고비를 넘기면 머지않아서 웃을 날이 오리라 믿는다.

절대로 포기하지 않을 것이다. 참고 견디고 버티면서 밀고 나갈 것이다.

악보 없이도 찬송가 반주를 척척 칠 수 있는 그 날까지 분투 노력하리라 다짐한다.

젊은 시절에 내 책상 옆에는 '두드려라. 그러면 열리리라' '불가능이란 없다' 란 표어가 붙어 있었다.

다시 그 시절을 떠올리면서 배워 보련다. 나도 할 수 있다고 외쳐 보면서……

(2012년도)

함박웃음

화창한 봄날, 5월이군요.

곳곳에 화사하고 아름다운 꽃들이 울긋불긋 피어서 늦장 결혼한 신부에게 꽃들까지도 축하인사를 하는 듯합니다.

전田 교수보다 10년이나 더 살았으니까, 인생의 선배로서 결혼축하인사 겸 몇 마디 조언이라고 할까? 인생경험에 의한 얘기라고 여기고 들어 주세요.

보통사람들은 대부분 20대 30대에 결혼해서 60년 70년씩 함께 사는데, 60이 되어서야 신혼부부가 되었으므로 결혼생활이 남들보다 절반밖에 안 되니 억울해서라도 두 배로 즐겁게 살기 바랍니다.

전 교수 말대로 어디를 가든지, 어느 곳에 있든지 함께 지낼 수 있도록 노력하세요.

전 교수의 신랑으로 선택되신 분!

20년 전에 아내와 사별하고 오남매의 어머니 역할까지 하느라고 바쁘게 살면서도 집안 곳곳에 온갖 화초를 잘 가꾸어 꽃집 같은 분위기를 풍기는 집안!

그 모습을 보면서 전 교수 남편 되신 분이 자상하고 꼼꼼하고, 근면 성실하고, 부지런한 분이라는 느낌이 들었습니다.

그는 1인 2역을 하면서 바쁘게 살다 보니 웃음을 잊고 지냈는데, 전 교수를 만나면서 이 사람이면 재혼해도 되겠다는 믿음이 생겨서 결혼을 했고, 결혼 후에 가장 크게 달라진 것은 웃음을 되찾게 된 것이라고 털어놓았습니다.

60년을 다른 환경에서 살아온 두 사람이 함께 살게 되었으니 식성도 취미생활도 퍽 다르리라 봅니다. 혹시 의견일치가 안 될 때가 생긴다면 서로 사랑의 마음으로 한 발 뒤로 물러나 조금씩 양보하면서 산다면 쉽게 적응이 되리라 봅니다.

전 교수의 환한 미소와 남편 분의 활짝 핀 함박웃음은 정말 보기 좋았어요. 그런 웃음을 어떻게 긴긴 세월 동안 참고 살았을까요?

전 교수는 행운녀라고 봅니다. 독신주의자라도 되는 줄 알았는데 독신생활을 만끽하다가 늦장 결혼을 해서 남들보다 남편의 사랑을 곱빼기로 받고 사니까요.

오랜 세월을 혼자서 생활해 온 전 교수가 남편이 밥숟갈 위에 생선을 발라서 올려주는 밥을 먹으면서 행복감을 느낀다고 했죠? 그런 파격적인 대우는 아무나 받아볼 수 없습니다. 아마 천 명 중에 한 사람이나 있을까 말까?

인생은 60부터라고 하지요. 나이란 숫자에 불과해요. 마음먹기에 따라 젊어질 수도 있고, 애늙은이처럼 살 수도 있다고 봅니다.

두 분은 특히 음악을 좋아하고 여행을 좋아한다니, 음악 속에서 현재 신혼의 즐거움을 길이길이 간직하면서 행복하게 살기 바랍니다.

긴 세월동안 잊고 살아온 그 귀여운(?) 함박웃음을 되찾아준 신부이니, 신랑 되신 분은 그에 대한 보답으로 따뜻한 사랑으로 답례할 수밖에 없을 것입니다.

결혼식 날 피로연장에서 하객들에게 "파이팅" "파이팅" 하면서 두 손을 높이 들고 흔들던 60대의 신랑 행동은 하객들에게 폭소를 터트리게 했지요.

마치 청소년 같았어요. 이제 나이 같은 것은 잊어버리고 결혼하던 그 날, 그 젊은 기분을 영원히 간직하고, 두 사람이 오래오래 건강하게, 행복하게, 즐겁게 잘 살기를 주님께 간구합니다.

내가 손에 반지를 다시 낀 이유

우리의 마음은 세월의 흐름과 같이 다채롭게 변화된다.

연인들끼리 사랑을 나눌 때 죽음이 두 사람 사이를 갈라 놓을 때까지 영원히 변치 말고 사랑하자고 굳게 다짐했다가도 세월이 가면서 약속 이행을 못하고 배신자가 되기도 하고, 만인들 앞에서 결혼선서를 하고 하나님 앞에서, 부처님 앞에서 결혼반지를 끼워 주면서 맹서했던 결혼도 이혼으로 치닫는 걸 보면 얼마나 인간의 마음이란 변화가 심한지 알 수 있다. 우리나라 사람들은 세계 어느 민족 못지 않게 반지를 좋아하는 듯하다.

왜냐하면 어린 아기가 태어나서 백일 되는 날부터 반지 세례를 퍼부어 주니 말이다.

백일반지, 돌반지, 생일반지, 졸업반지, 합격반지, 회갑반지 또는 무슨 기념 반지 등등 셀 수 없이 많다. 그 중에서도 결혼반지의 상징성은 매우 크다고 본다. 우리 세대야 먹고 살기도 어려워서 결혼반지를 받지 못한 신부도 있었고 기껏해야 은가락지 정도만 받아도 최고의 예물로 여겼지만 요즘은 흔해 빠진 것이 반지인 듯하다.

반지가 상징하는 의미도 다양하다. 옛날 국왕들이 끼는 반지라면 권위자를 상징하기도 했고, 노예기 낀다면 노예 신분을 상징하게 될 것이며, 부자는 부富의 상징으로 큼직하고 값비싼 반지를 끼게 될 것이고 가문의 유품으로 끼기도 했을 것이다.

그러나 반지란 대부분 젊은 여성들 손을 더 예쁘게 보이기 위한 장식품이 가장 많은 것 같다. 결혼한 신부는 결혼기념 반지를 받고, 학교 졸업기념, 환갑이라고 자녀들 효도의 의미로 해 주기도 하고, 대부분은 좋은 의미가 많다고 본다. 물론 졸업반지나 퇴직기념 반지는 헤어짐의 아쉬움을 담기도 한다.

내가 반지를 끼어본 것은 아마 어릴 때 소꿉놀이하면서 끼었던 풀반지가 최초였을 것이다. 그리고는 대학 졸업기념으로 낀 18금 실반지가 처음이다. 그 반지를 애용하여 약 20여 년 끼다 보니 닳게 되었고 직장에 후배, 동료 두 사람이 새로운 모델로 바뀐 대학 졸업반지 맞추어 주어서 바꿔 끼다가 노모님께 선물로 드렸다.

결혼반지는 약 1,2년간 낀 듯한데 불편해서 끼지 않게 되었다. 왜냐하면 손등 위로 볼록 튀어나온 반지라서 옷을 갈아입을 때도 걸리고 장갑 낄 때나 일을 할 때도 걸리는 것이 불편했기 때문이었을 것이다.

그 후 직장에서 동우회 회원들끼리 만든 18금 실반지를 즐겨 끼다가 언제부터인가 맨손이 되고 말았다.

가끔 친구들 모임에서 보면 가정주부일수록 손에 반지를 여러 개씩 끼고 나옴을 본다. 평소에는 끼지 않다가도 외출시에는 장식품으로

몇 개씩 끼고 나오는지도 모른다. 요즘은 반지가 부富의 상징으로 부
상浮上하는 듯하다.

화려하고 크고 멋진 모양이 눈에 띈다. 그 가격이야 알 수 없지만 만
만치 않을 것이다. 농촌에서 반지계班指稧도 있어서 남자들도 똑같은
모양의 반지를 낀 것을 볼 수 있다. 지난 해 초 금모으기 캠페인을 벌
일 때 금반지를 내놓았는데 왠지 다 내놓기가 싫어서 금반지 한 개를
남겨 두었다. 우연히 그 반지가 눈에 띄어서 손에 껴 보았더니 예전의
아름답던 손이 아님을 보고 깜짝 놀랐다. 어느 사이에 내 손이 이렇게
추한 모습으로 변해 버렸는지…….

젊었을 때는 손이 포동포동하면서도 하얗고 예뻐서 18금의 실반지
도 잘 어울리고 예뻐 보였는데 어느 사이에 손까지 늙어서 금반지도
이제는 어울리지 않게 되고 말다니…, 손을 너무 가꾸지 않은 데 대하
여 수치스러운 생각마저 들었다.

농촌에서 어린시절 20년을 살 동안 나는 열심히 일을 했었다. 그 당
시는 일할 때면 기껏해야 머리에 수건을 쓸 정도였고, 무슨 일을 하거
나 맨손으로 도전했다. 김매기할 때나 산에 가서 나무를 긁고 묶어서
머리에 이고 다닐 때도, 모내기하고 보리, 벼를 벨 때도 보리방아를
찧을 때도 맨손이었다. 그러다 보니 손바닥에는 굳은살이 뻣뻣하게
붙어 있었다. 그 굳은살이 서울에 가서 살면서 몇 년이 흐른 뒤에야
보드러운 손바닥이 된 듯하다.

난 원래 미용에는 무딘 편인지 얼굴 마사지도 잘 안 하는데 손발 마

사지야 감히 생각지도 않는다. 빨래를 할 때나 설거지할 때도 비누나 퐁퐁을 사용하면서도 맨손이다. 그 결과 손끝이 까칠까칠해지고 갈라질 때도 있다.

그때서야 고무장갑을 끼고 조심하다가 좀 부드러워지면 다시 맨손이 된다. 그런데 환갑이 가까워지니 얼굴에는 주름이 늘어나고 잡티가 생기고 목에도 주름이 늘고, 매끄럽던 손등도 어느덧 거칠고 볼품이 없게 되고 말았다. 얼굴에 주름이나 목에 생긴 주름살은 내 힘으로 지울 수 없지만 손등의 거친 피부는 조금만 신경 쓴다면 좋아질 것 같아서 관심을 기울여 볼 작정이다.

그러기 위해서는 다시 내 손에 18금 반지라도 낄 수밖에 없을 것 같다. 반지 낀 손이 어울리게 하기 위해서 손을 보호하는 데 신경을 써 보기로 마음 속으로 다짐했다. 수시로 로션도 발라 보고 빨래할 때나 설거지할 때는 꼭 고무장갑을 끼고 생각날 때마다 손등을 문질러서 혈액순환이 잘 되도록 지압도 해 볼 것이다.

온몸의 신경은 손과 발에 연결되었다니 건강관리에도 도움이 될 것이다. 다시 손에 반지를 끼는 것은 손이라도 젊음을 되찾게 할 수 있었으면 하는 가냘픈 나의 소망일지도 모른다.

의료사고

서울에서 충격적인 소식이 전화선을 타고 전해졌다.

한국여성개발원에서 함께 10여 년을 동고동락했던 옛 동료였던 신태순 선생이 심장질환으로 수술을 했는데, 20여 일간 중환자실에서 눈을 뜨지 못한 채 누워 있다가 상태가 조금 호전되어 가는 듯한다더니 천국으로 떠나고 말았다는 안타까운 소식이었다.

6개월 전, 서울에서 부안행 고속버스를 타고 옛 동료들과 함께 나의 수필집 출판기념회에 찾아와서 환한 웃음으로 다정하게 손을 마주잡고 축하해 주었던 그녀가 겨우 환갑을 보낸 나이에 먼저 간 남편 곁으로 떠난 것이다.

남편도 5년 전에 갑자기 쓰러져서 의식을 잃은 채 눈을 감았다더니 남편 뒤를 쫓아간 것일까!

신 선생은 얼마 전 모임에서 "남편에게 잘들 해 줘요. 떠나고 나니 잘못했던 일이 너무 후회스럽고 마음 아파요" 하면서 눈시울을 적시던 모습이 눈앞에 선하게 나타난다.

그녀는 처녀시절에 미모가 뛰어나 총각들이 눈독을 들였고, 그중에

255

서도 가장 적극적으로 쫓아다니면서 구애작전을 편 장본인이 남편이라고 하더니 아내를 못 잊어서 데려간 모양이라고 한 동료가 회상했다.

요즘은 의료기술이 발달하여 수명이 연장되고 있다지만 신 선생의 딸로부터 전해 들은 의료사고 내용은 너무나도 어처구니없는 인간들의 무성의로 인해서 발생한 사건임을 알 수 있었다.

"심장수술은 성공적이었는데 회복과정에서 의료진들의 부주의로 의료사고가 발생되어 어머님이 돌아가셨어요."

사고 내용은 첫 번째는 환자가 저혈압으로 내려간 상태인데 즉시 조치를 취하지 않고 방치한 점이고, 두 번째는 정맥주사를 동맥주사로 잘못 맞아 사망의 직접적 원인이 되었다는 것이다.

수술 후 정상적으로 회복되다가 갑자기 환자의 상태가 악화되자 그 원인을 규명한답시고 수술을 다시 했고, 정맥주사를 동맥주사로 잘못 맞아 피가 역류현상을 일으키자 또 수술을 하는 사태가 벌어져서 의식이 회복되지도 못한 중환자를 세 차례나 가슴을 열고 대수술을 하는 촌극을 연발했다는 것이다. 비록 환자가 무의식 상태에서 겪은 일이지만 얼마나 고통스러웠을까!

우리나라에서 최고의 의료진을 갖춘 서울에 있는 모 종합병원에서 그런 날벼락을 맞았으니 다른 곳은 어떨지 심히 우려되는 바이다.

엊그제 의사들이 병원문을 닫고 밖으로 뛰쳐나가서 머리에 붉은 띠를 두르고, 국민의 생명을 담보로 직무유기 행위를 했을 때 전국민들은 얼마나 공포에 떨었던가!

신 선생은 3남매를 모두 결혼시켰고, 자녀들은 가정에서나 사회에서 안정된 생활을 하고 있어서 평안한 마음으로 신앙생활을 열심히 하다가 갑자기 떠났다.

6개월 전에 부안에서 그녀를 만난 것이 마지막 모습이 될 줄이야 꿈엔들 상상이나 할 수 있는 일인가!

젊어서는 공부하고 직장생활하면서 자녀 낳아 키우고 결혼시키기까지 바쁘게 정신없이 살다가 이제 겨우 자신의 시간을 찾아 자신을 돌보면서 살려는 나이에 그녀는 떠난 것이다.

장례식이 끝나고 그 자녀들로부터 인사장이 날아왔다.

"… 어머니 장례에 참석해 주서서 감사합니다. … 효도하려 해도 부모님이 다 떠나셔서 대상이 없습니다. … 어머님 떠난 후 옷장을 열어 보니 입을 만한 옷이 제대로 없었습니다. … 검소하고 근면하게 신앙생활하면서 살다 가신 어머님의 본을 받아 어머님이 못다 이루신 일을 우리가 이루어보도록 하겠습니다."

그 서신을 보면서 가슴이 찡해 옴을 느꼈다.

어머니가 건강하게 도 오래오래 아버지 몫까지 사시길 바라면서 대수술을 감행한 것이 도리어 수명을 단축케 한 결과가 되었으니, 그 자녀들의 슬픔과 억울함 그리고 의료진들의 부주의로 발생한 의료사고에 대한 분노는 말로는 다 표현하기 어려울 것이다.

신태순 선생!

나의 수필집 출판기념행사를 축하해 주기 위해서 서울에서 부안까지 달려온 그 성의에 보답도 못했는데 다시 만나지도 못한 채 천국으로 떠났으니 지난해 12월의 만남이 이 세상에서 마지막 만남이 되고 말았습니다.

수술이 성공해서, 건강한 모습을 보고 싶었는데 의료사고로 눈을 감다니 못내 아쉽기만 합니다.

언젠가 그곳에서 다시 만날 수 있기 바라면서 주님의 품안에서 주님의 사랑 듬뿍 받으면서 평안하게 지내시기 바랍니다.

(2000년도)

진달래꽃 한 송이

3월 22일
따스한 햇살을 받으면서 아파트 뒷산에 올라가 보니
진달래꽃 한 송이가 활짝 웃으면서 피어 있네
엊그제까지 눈발이 흩날렸는데
그 추위를 꿋꿋이 이겨내고 봄소식을 전해 주네.

나 어릴 때
고향 마을 뒷산에 올라가 보면
진달래꽃, 할미꽃이 피어 있었고
쑥과 냉이들이 나풀거렸지…….

오랜만에
진달래꽃 한 송이를 보니
어린시절에 나물 뜯던 고향 산천이
한없이 그리워지는구나.

(2014년도)

아버지의 발자취를 찾아서
尋找父亲的脚印

지은이 / 차동희
펴낸이 / 김정희
펴낸곳 / **지구문학**

110-122, 서울시 종로구 종로17길 12, 215호(뉴파고다 빌딩)
전화 / (02)764-9679
팩스 / (02)764-7082

등록 / 제1-A2301호(1998. 3. 19)

초판발행일 / 2016년 5월 20일

값 15,000원

E-mail/jigumunhak@hanmail.net

ISBN 978-89-89240-58-7 03810